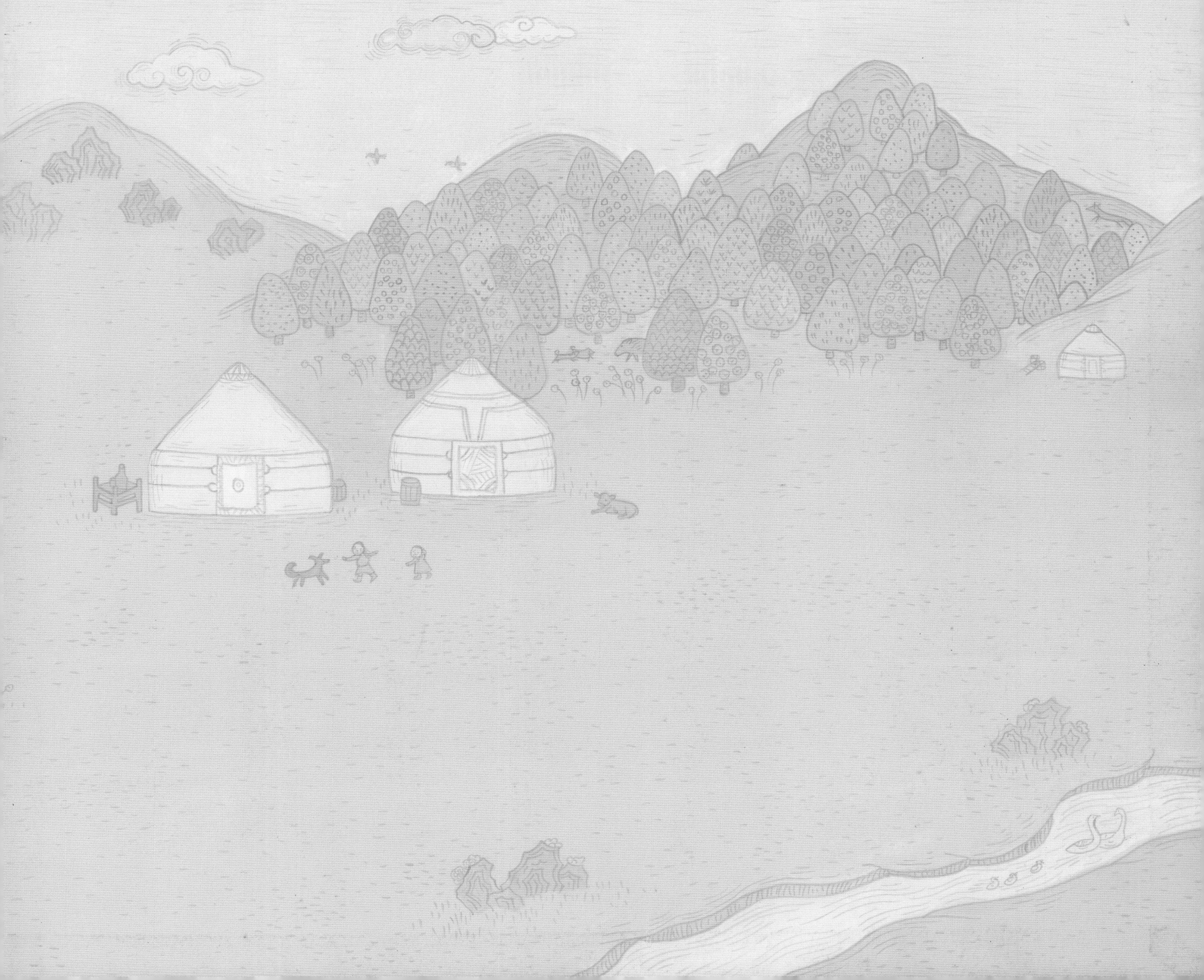

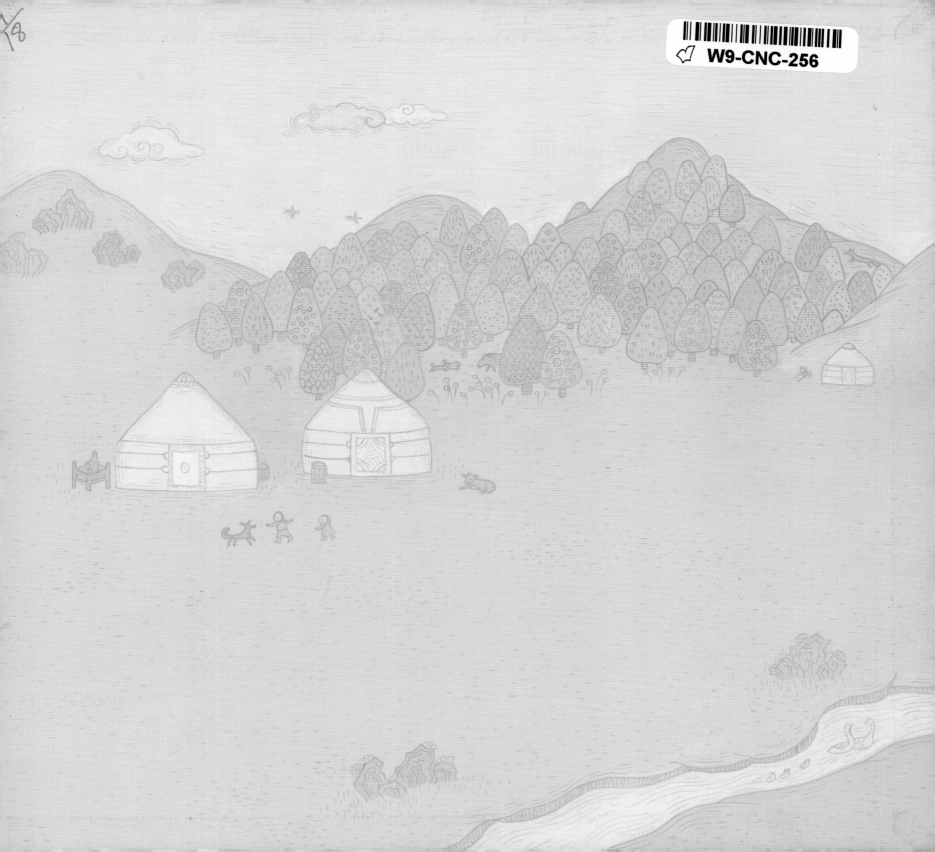

EDICIONES
ekaré

Traducción: Mercè Altimir

Primera edición, 2017

© 2013 Ichinnorov Ganbaatar, Noriko Tsuda, texto
© 2013 Bolormaa Baasansuren, ilustraciones
© 2017 Ediciones Ekaré

Av. Luis Roche, Edif. Banco del Libro, Altamira Sur. Caracas 1060, Venezuela

C/ Sant Agustí, 6, bajos. 08012 Barcelona, España

www.ekare.com

Publicado originalmente en japonés por Kaisei-Sha Publishing Co. Ltd., Tokio.
Título original: *Gonan to Kaibutsu*

Publicado bajo acuerdo con Ute Körner Literay Agent, S.L.U. y Japan Foreign-Rights Centre

ISBN 978-84-946699-6-5 · Depósito legal B.15736.2017

Impreso en China por RRD APSL

Ichinnorov Ganbaatar • Bolormaa Baasansuren

EL MONSTRUO DE MONGOLIA

EDICIONES EKARÉ

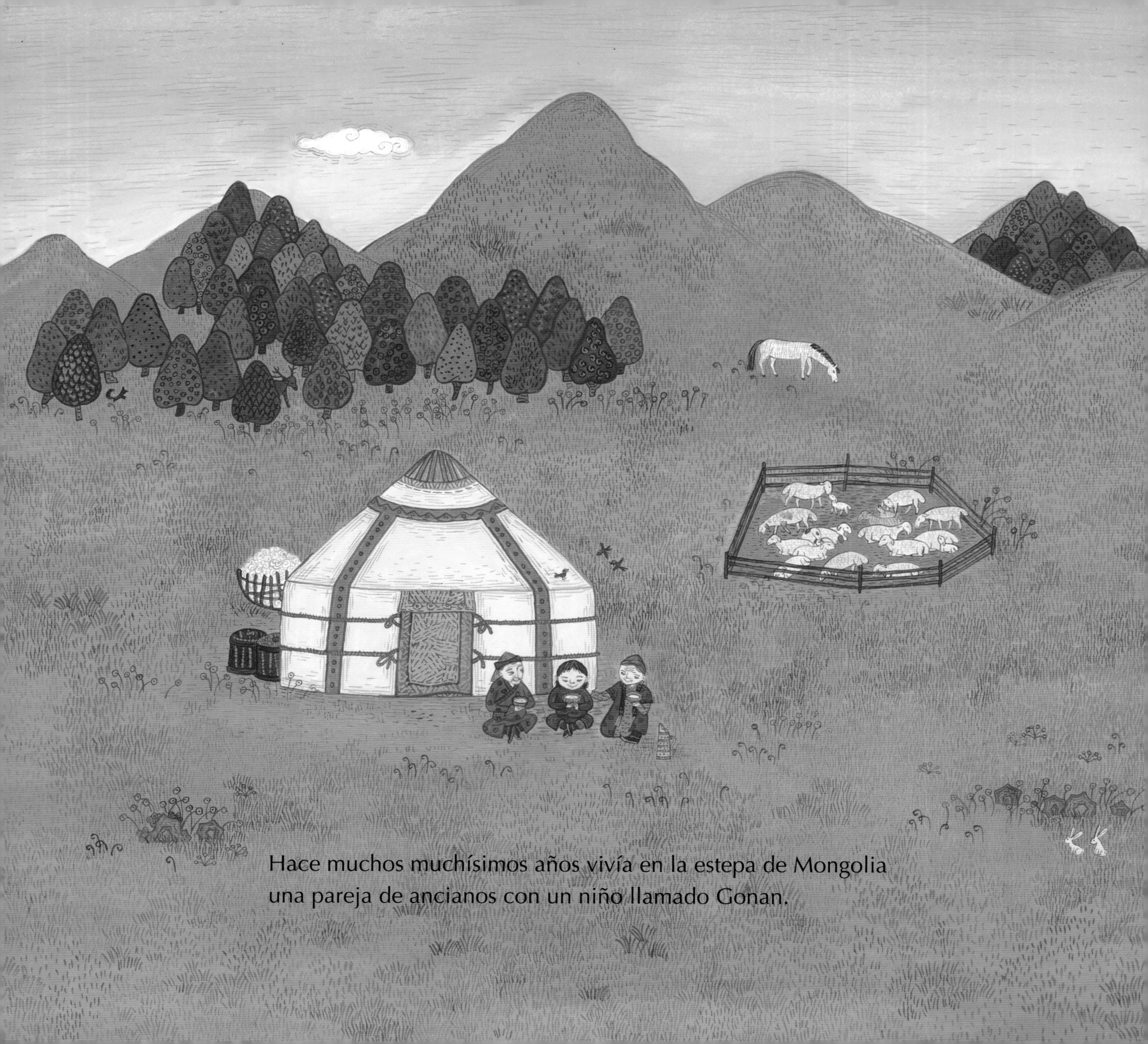

Hace muchos muchísimos años vivía en la estepa de Mongolia
una pareja de ancianos con un niño llamado Gonan.

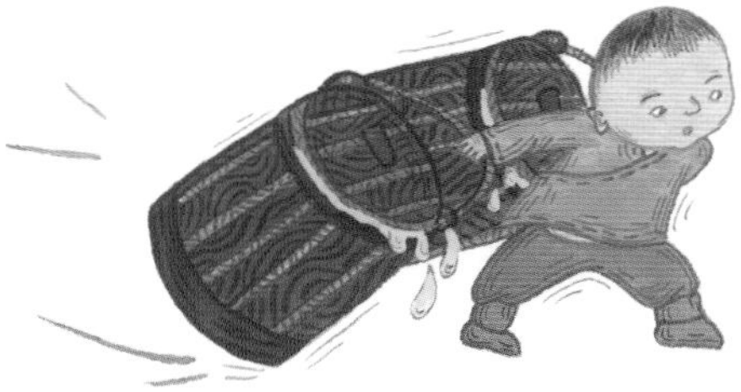

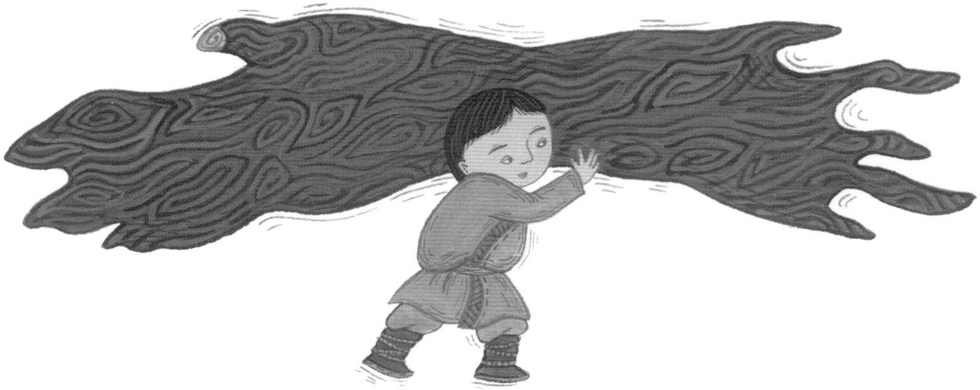

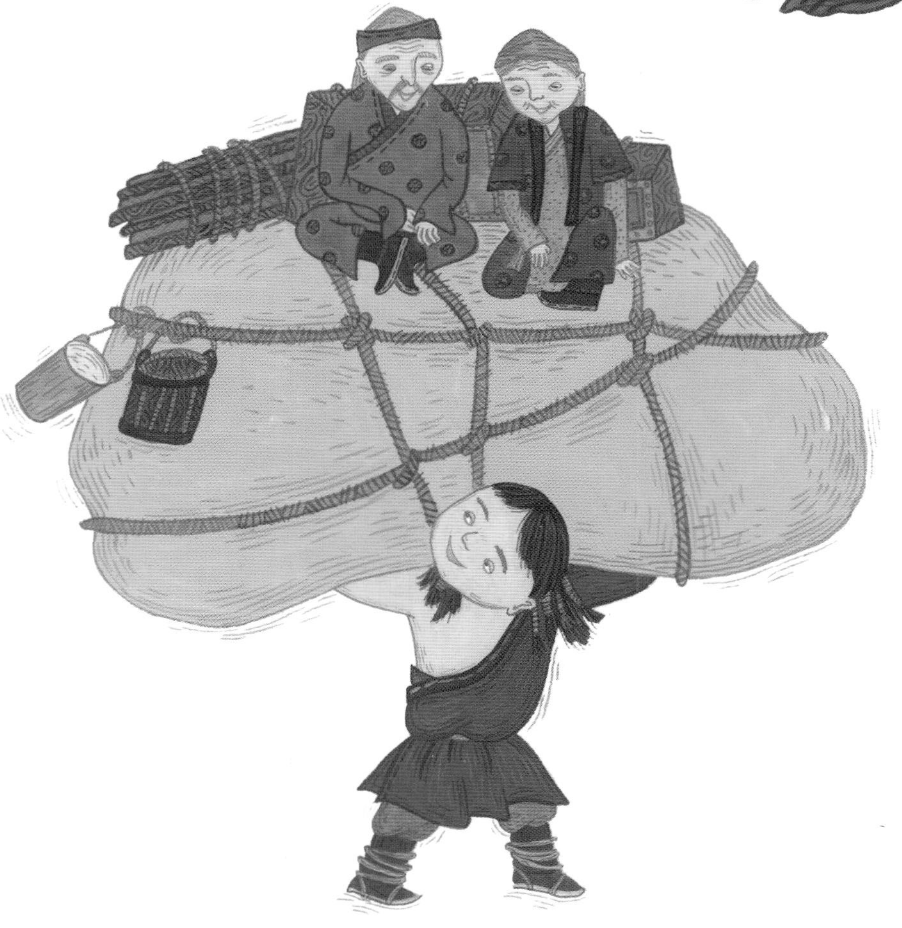

Aunque todavía era un niño, Gonan poseía una fuerza extraordinaria. Cuando cumplió un año, ya podía hacer el trabajo de diez hombres. Con dos años, el de veinte y con tres, el de treinta sin esfuerzo alguno.

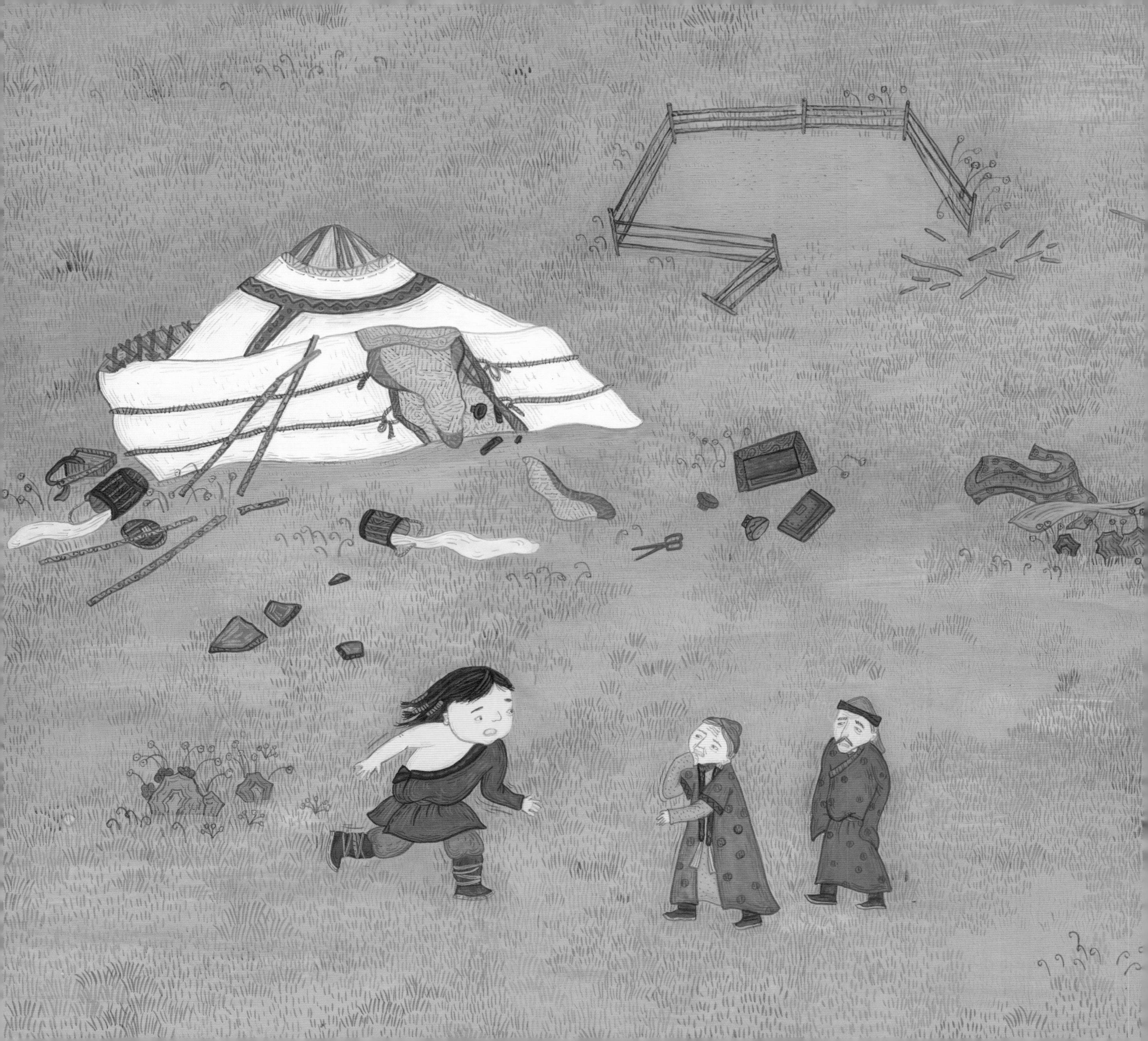

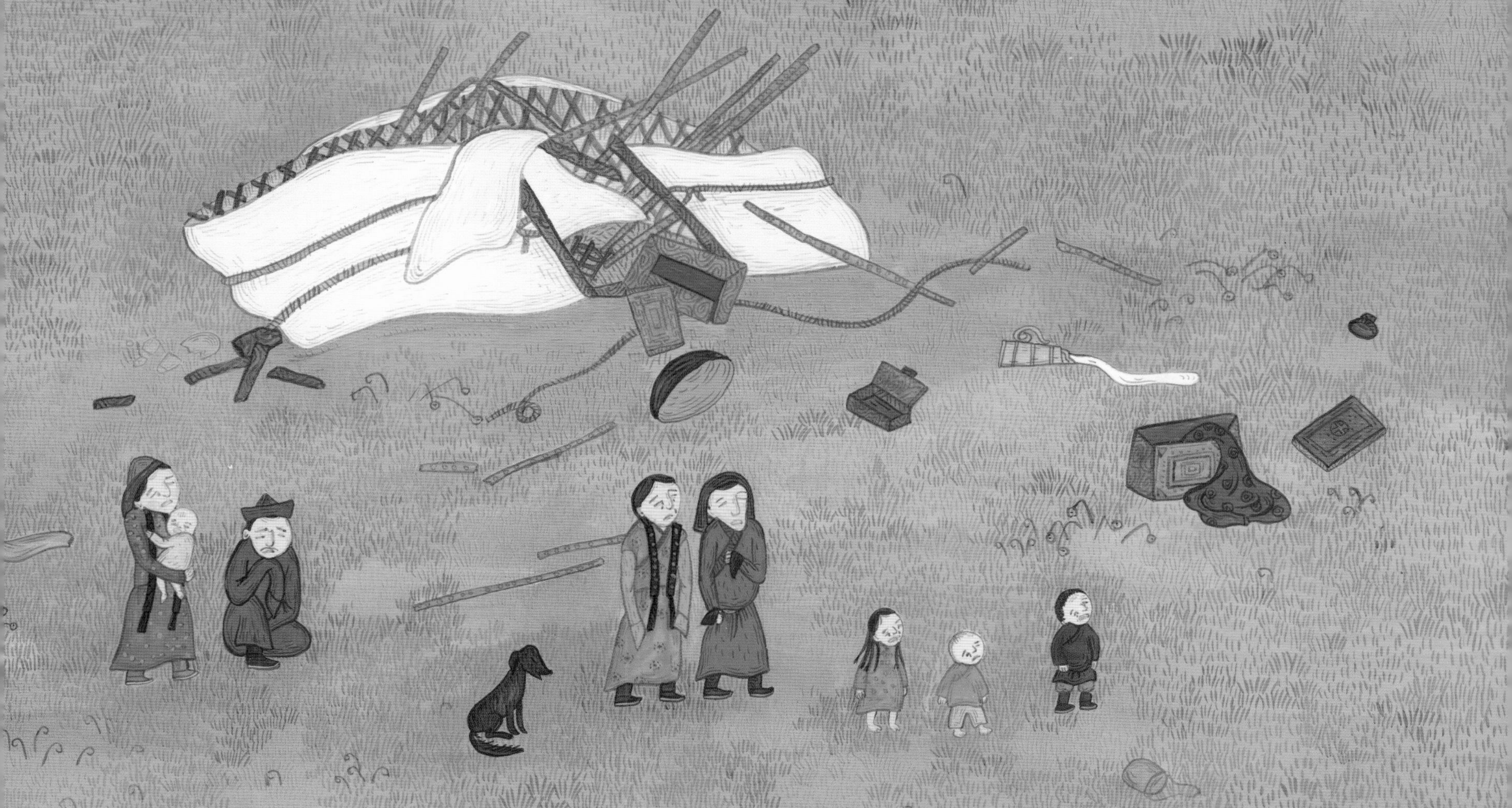

Un día, un terrible monstruo que se hacía llamar Mongas atacó la aldea de Gonan. Destrozó las casas y arrasó con todo. Se llevó las vacas, las ovejas y los objetos valiosos que encontró a su paso.

Encendido por la furia, Gonan exclamó:

—¡Lo haré papilla!

Muy asustados, los ancianos intentaron detenerlo, pero Gonan no les hizo caso.

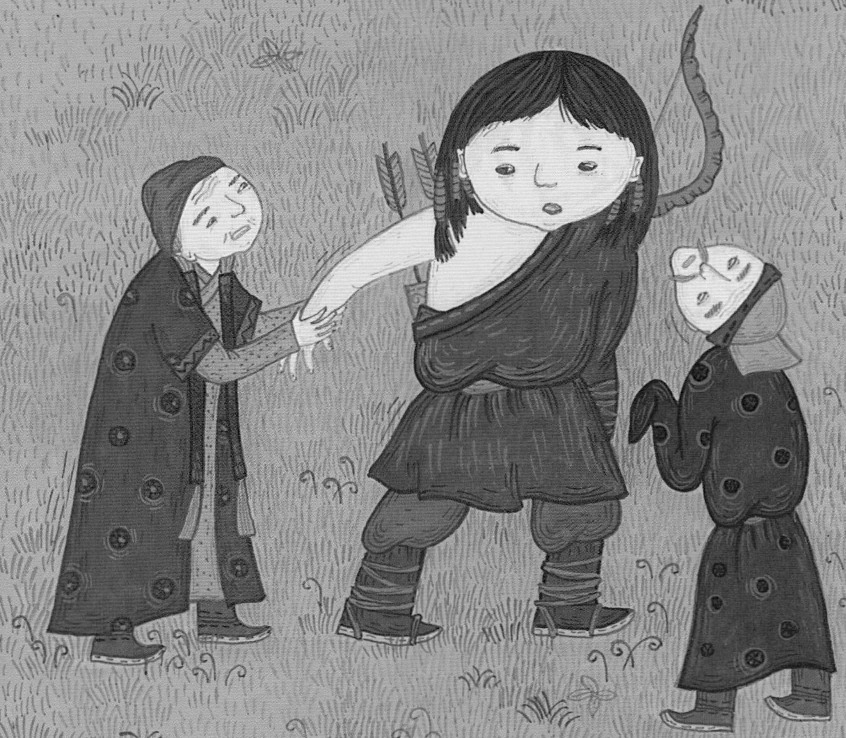

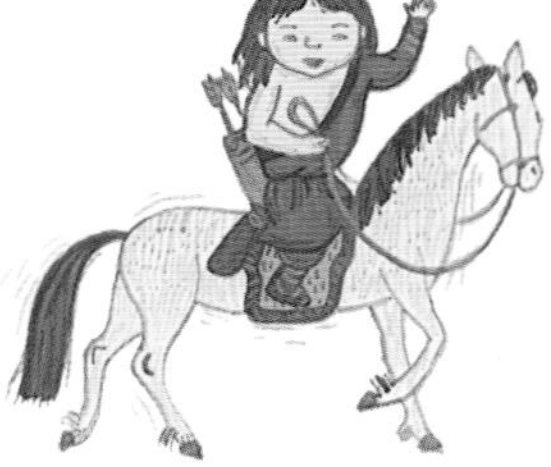

—Si ya estás decidido, llévate el caballo blanco —dijo su madre—. Es el más listo de todos.

—Ve con mucho cuidado, ¡te lo rogamos! —suplicó su padre.

Antes de que emprendieran el viaje, rociaron leche sagrada de vaca y pidieron al cielo que los ayudara a regresar sanos y salvos.

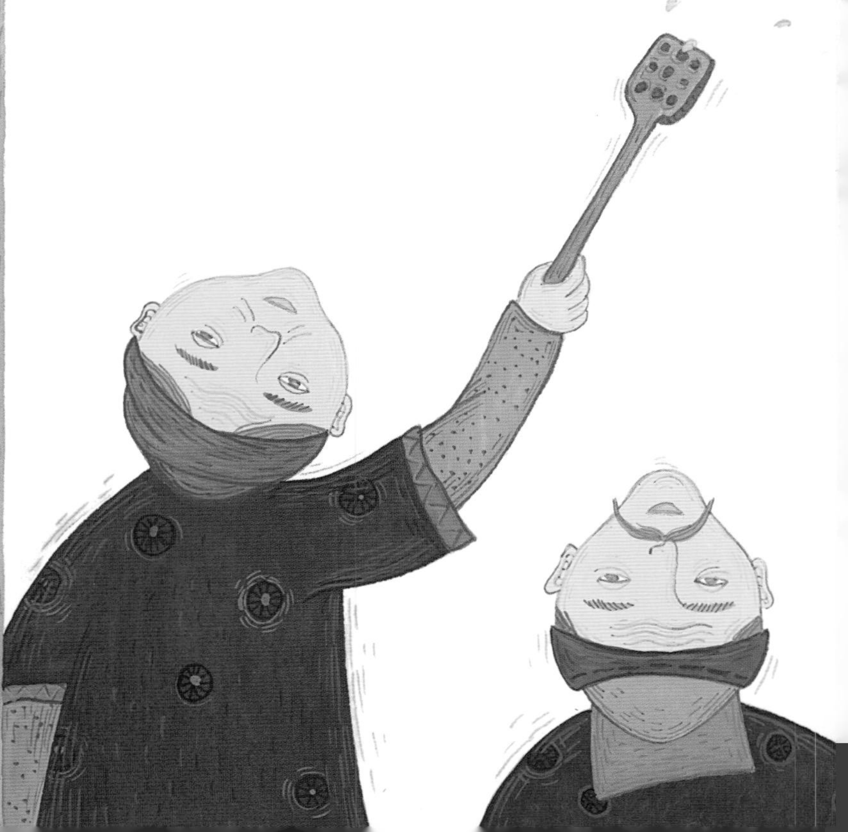

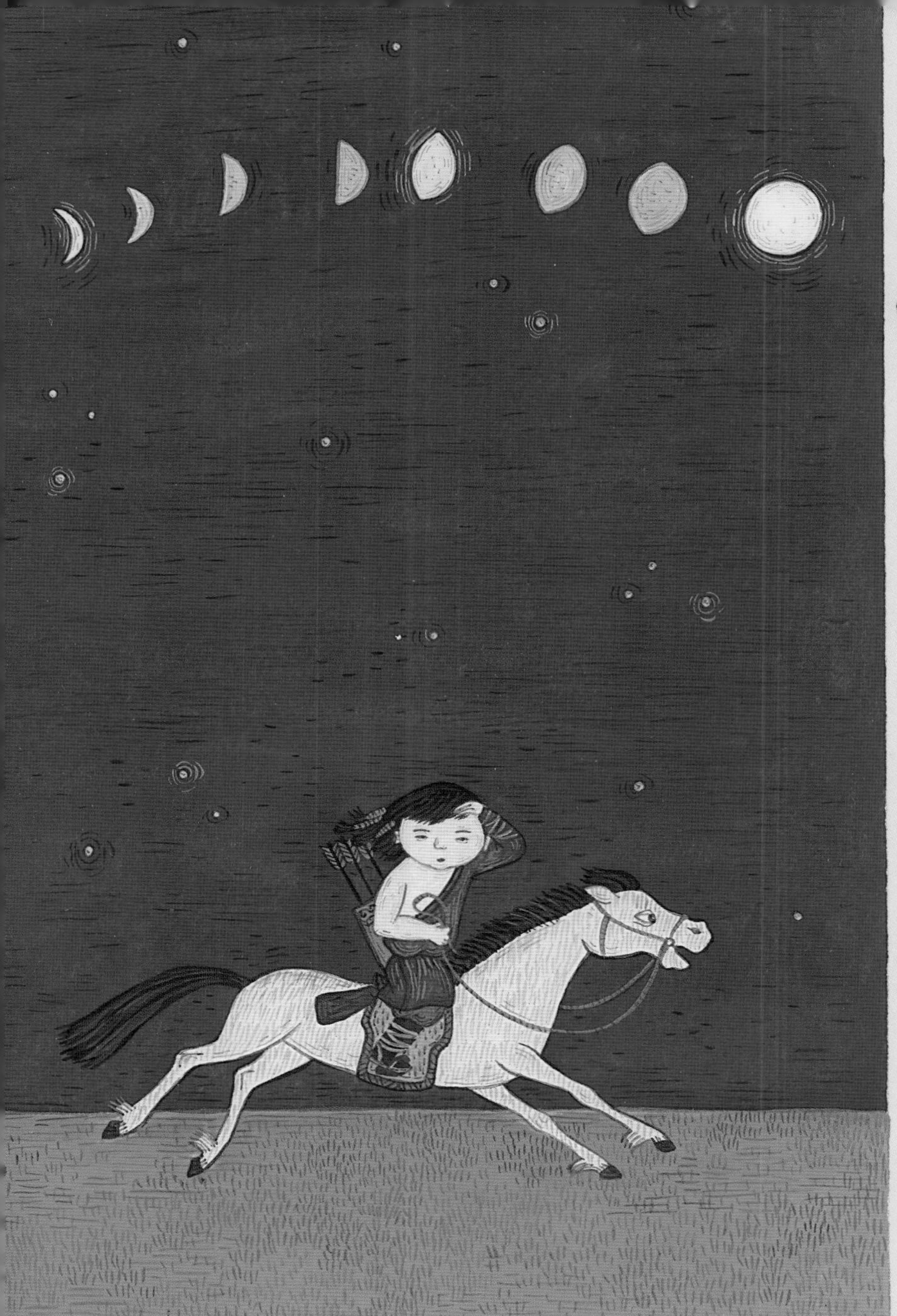

Gonan cabalgó durante nueve días
sin ver un alma hasta que, por fin,
se encontró con un pastor.

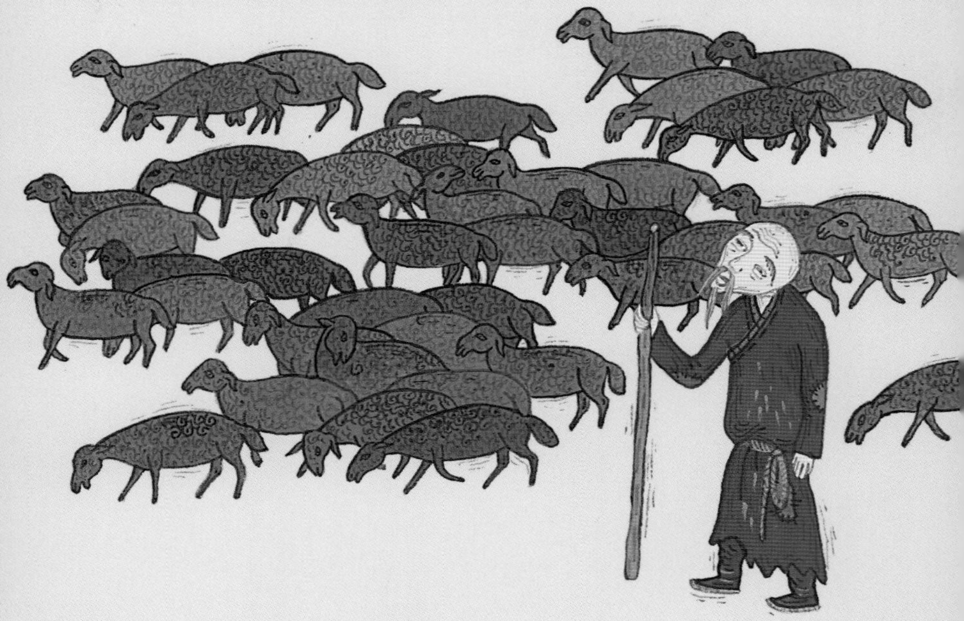

—¿Conoce el paradero del monstruo Mongas?
—Lo conozco. Si sigues recto te encontrarás con el océano del Infierno. Quien cae ahí, no regresa nunca más... pero si logras cruzarlo, llegarás a la montaña de Esqueletos. Se llama así porque está hecha de huesos puntiagudos que se clavan como flechas en el cuerpo de quien intenta atravesarla. El monstruo que buscas vive al otro lado. Te deseo mucha suerte.

Después de darle las gracias y sin perder tiempo, Gonan siguió su camino.

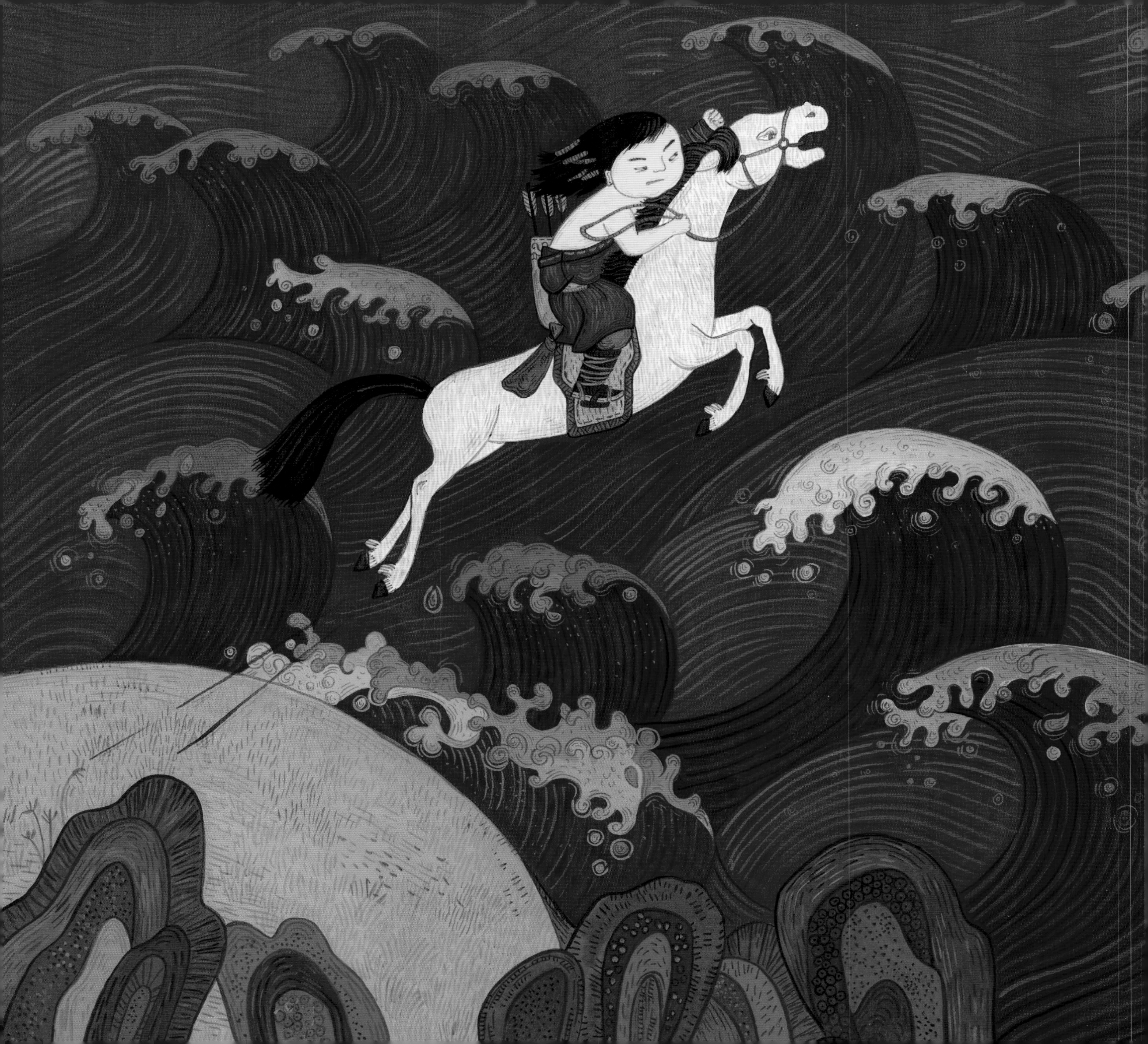

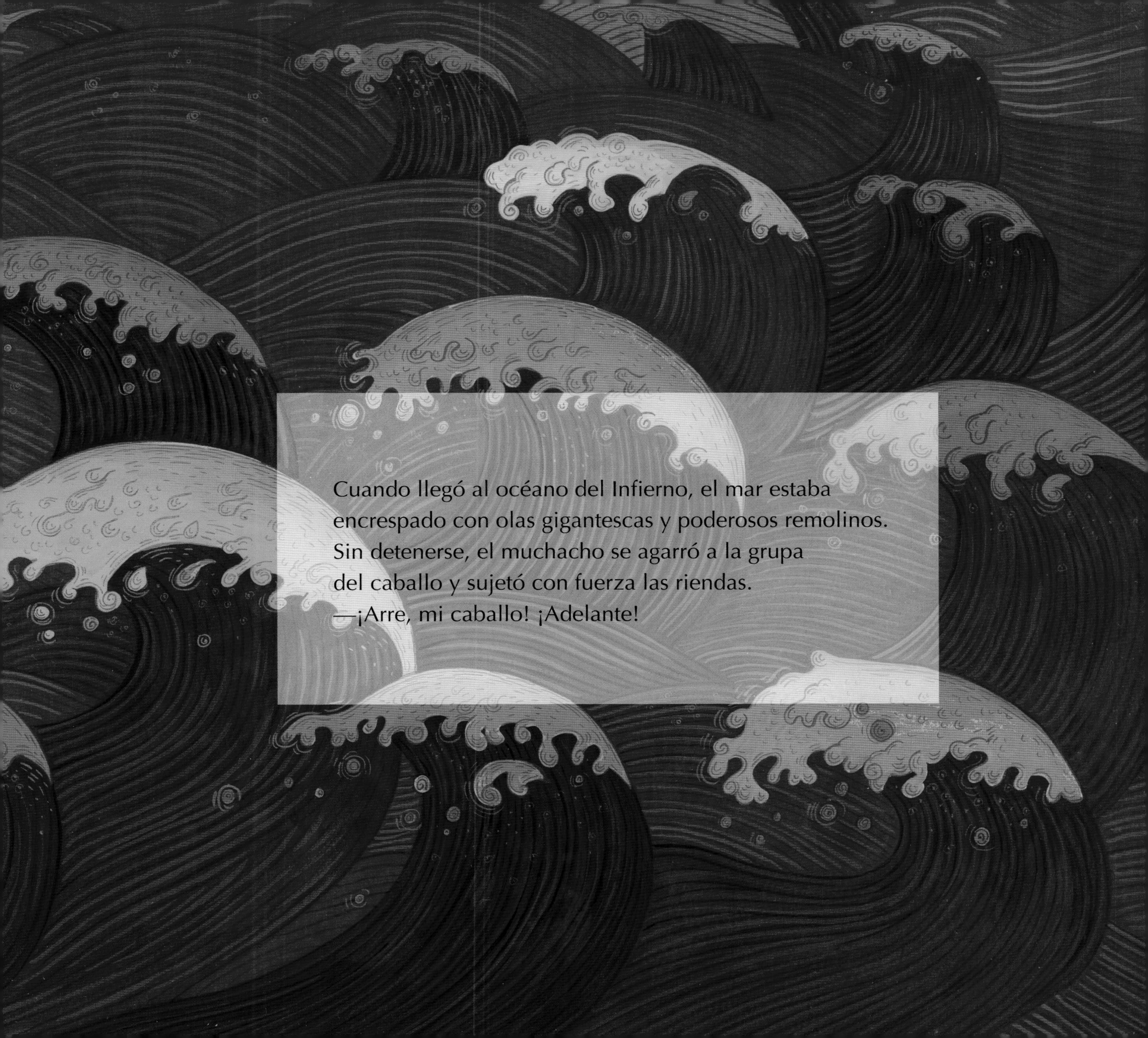

Cuando llegó al océano del Infierno, el mar estaba encrespado con olas gigantescas y poderosos remolinos. Sin detenerse, el muchacho se agarró a la grupa del caballo y sujetó con fuerza las riendas.

—¡Arre, mi caballo! ¡Adelante!

Jinete y caballo alcanzaron sanos y salvos la otra orilla.

Al cabo de un rato, la montaña de Esqueletos apareció
en el horizonte. Era tan inmensa que no se veía ni su cima
ni el final de sus laderas. Subirla era imposible.
—Ni modo, la tendremos que atravesar —dijo Gonan decidido.

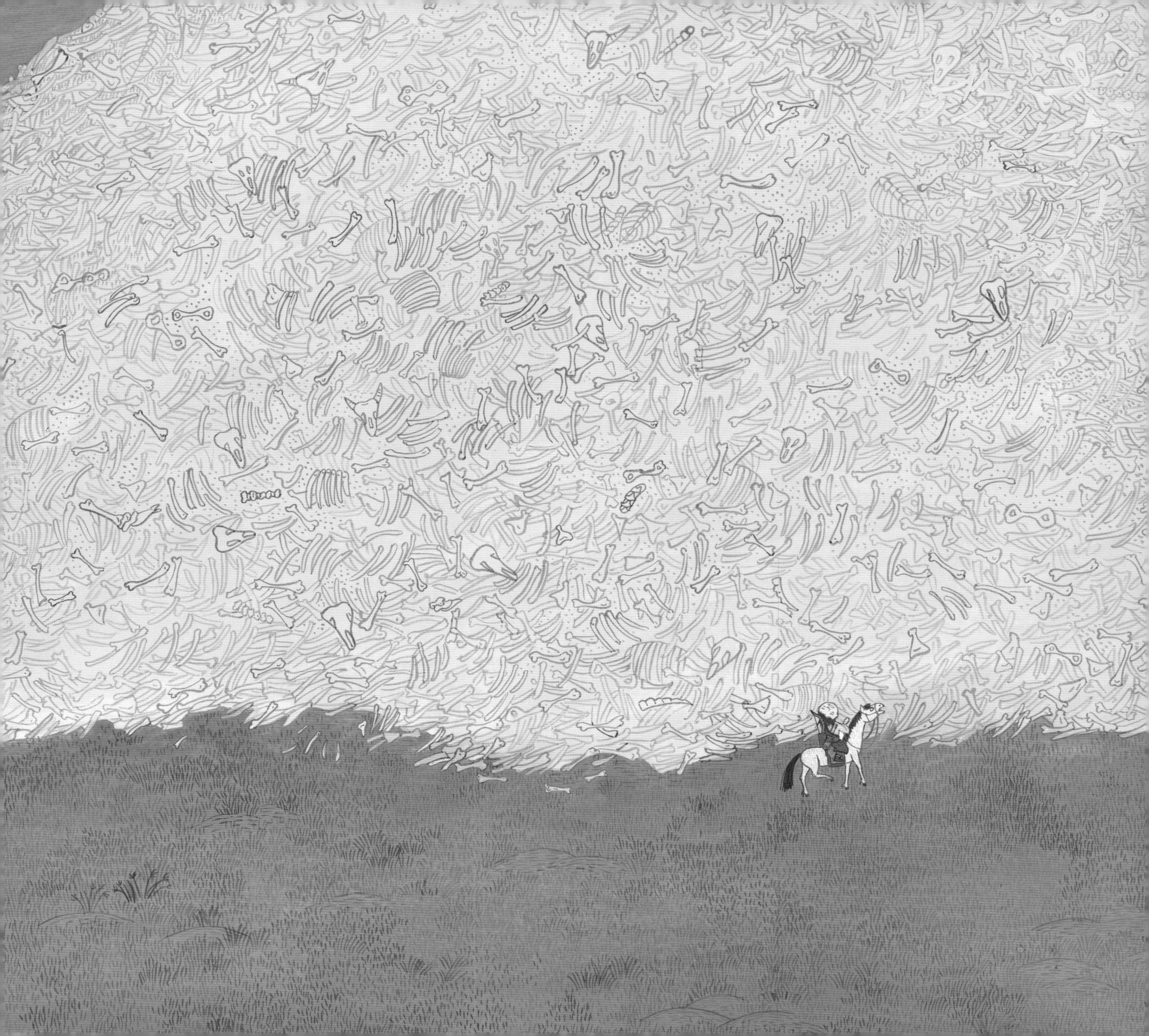

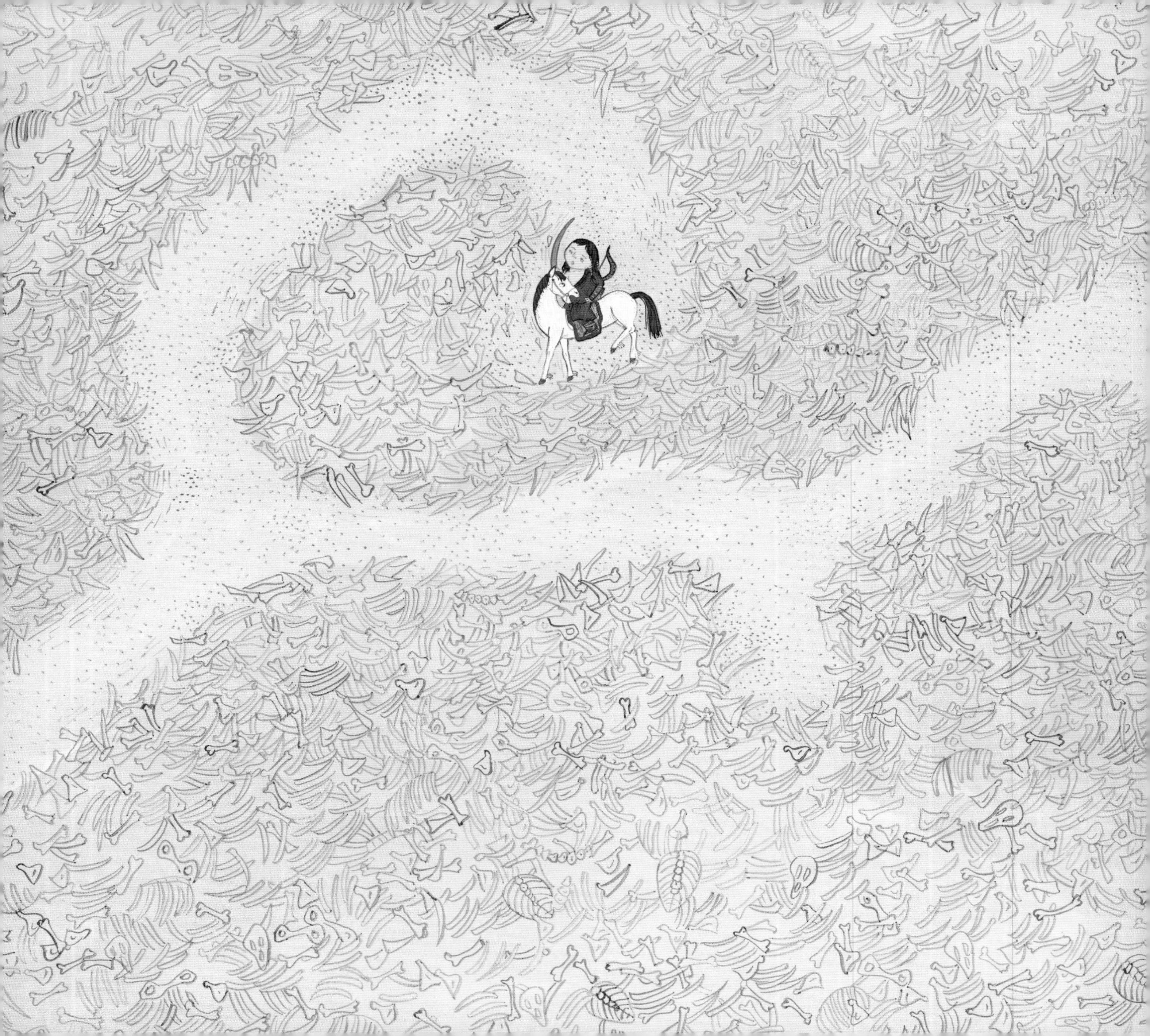

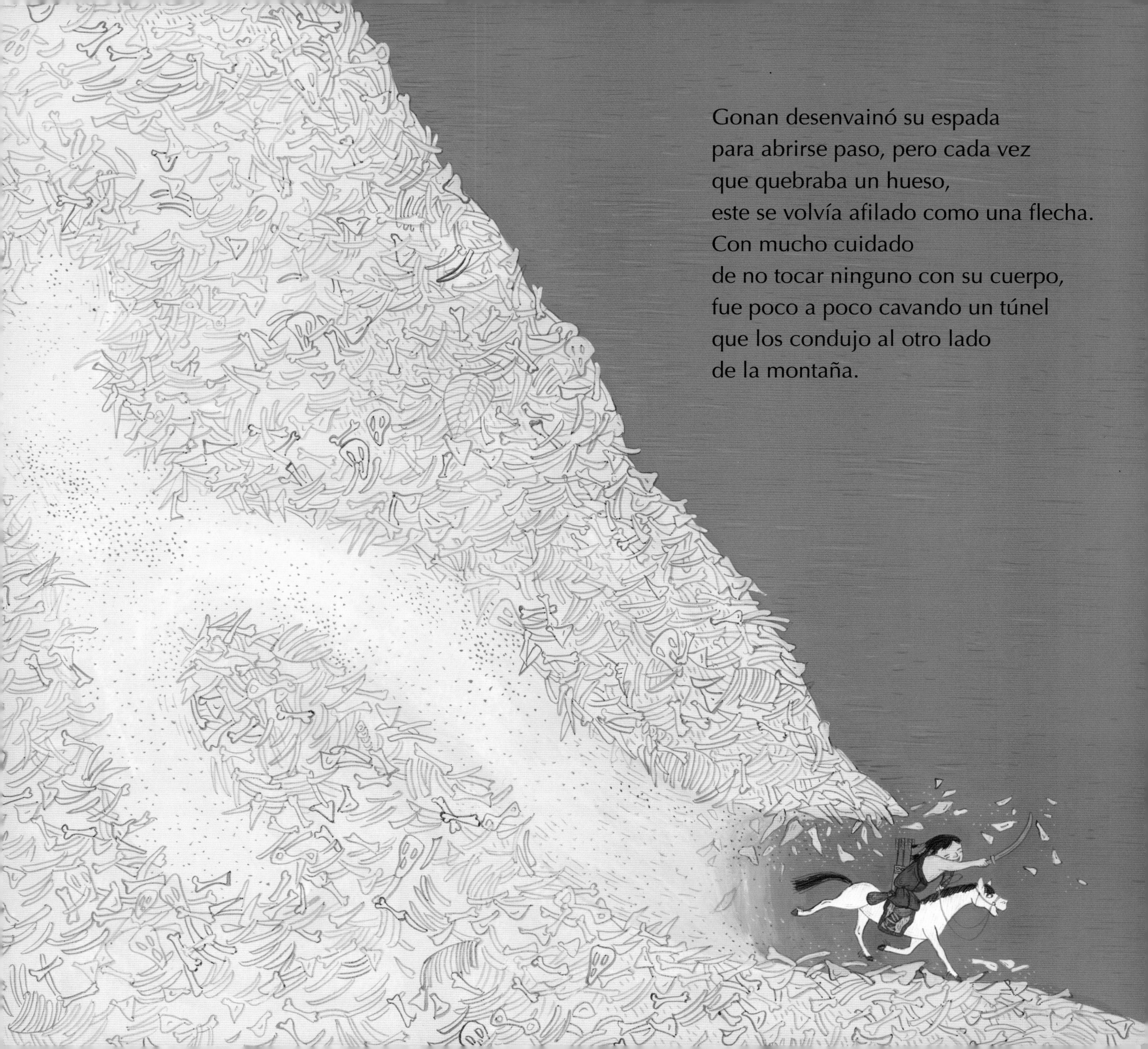

Gonan desenvainó su espada
para abrirse paso, pero cada vez
que quebraba un hueso,
este se volvía afilado como una flecha.
Con mucho cuidado
de no tocar ninguno con su cuerpo,
fue poco a poco cavando un túnel
que los condujo al otro lado
de la montaña.

Lo primero que vio al salir fue una colosal mansión construida con enormes rocas.

—¡Mongas! Aquí estoy. ¡Sal si eres valiente!

—¿Quién está ahí? —respondió el monstruo con una voz tan ronca que parecía surgir de las profundas entrañas de la tierra.

Con los ojos rojos y centelleantes, Mongas salió de su guarida. Era del tamaño de una montaña y tenía tres cabezas.

—¿Quién diablos eres tú? ¿Es que quieres convertirte en mi plato de comida?

—Mi nombre es Gonan y he venido a acabar contigo. Si me vences, puedes comerme; pero si yo resulto vencedor, deberás dejar a mi aldea en paz para siempre.

Mongas, sarcástico, soltó una carcajada.

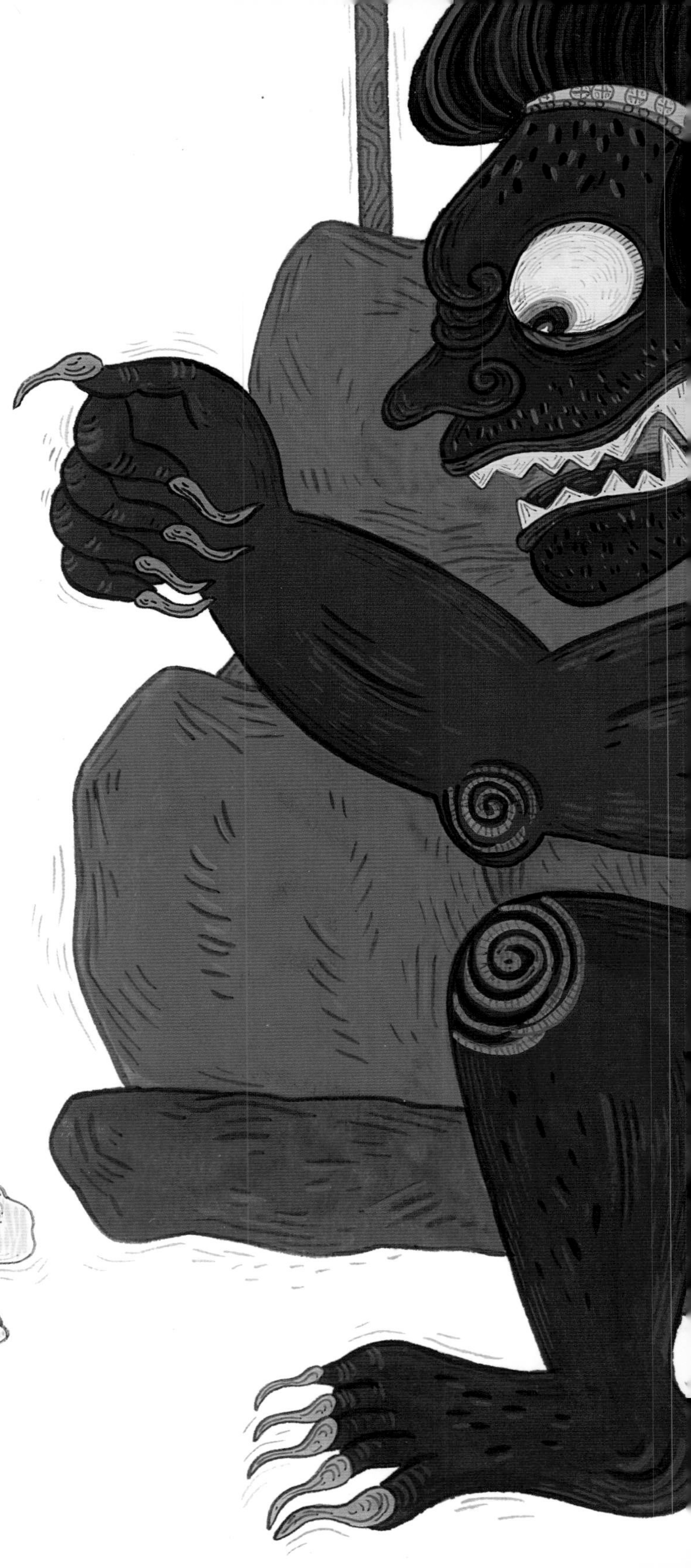

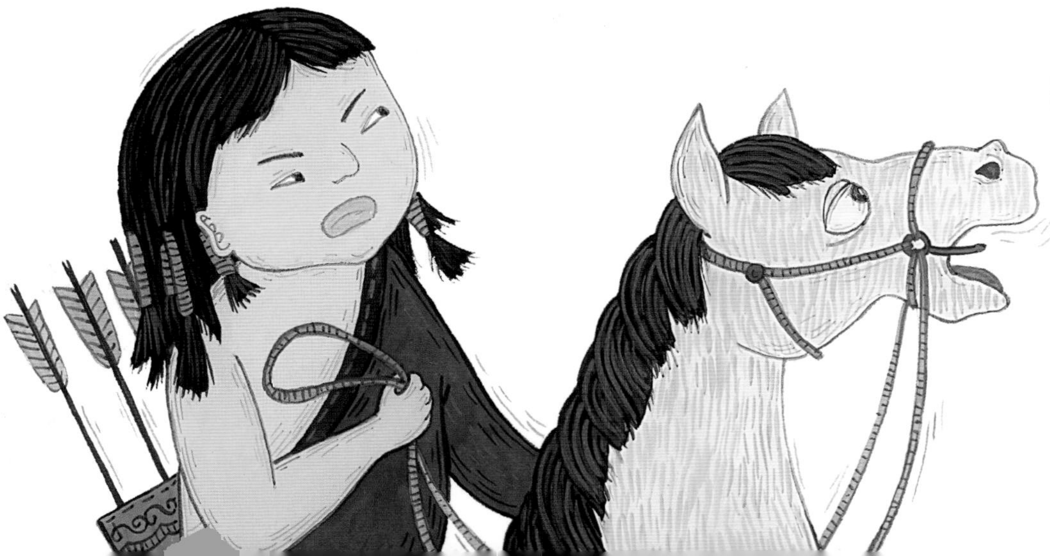

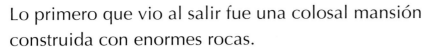

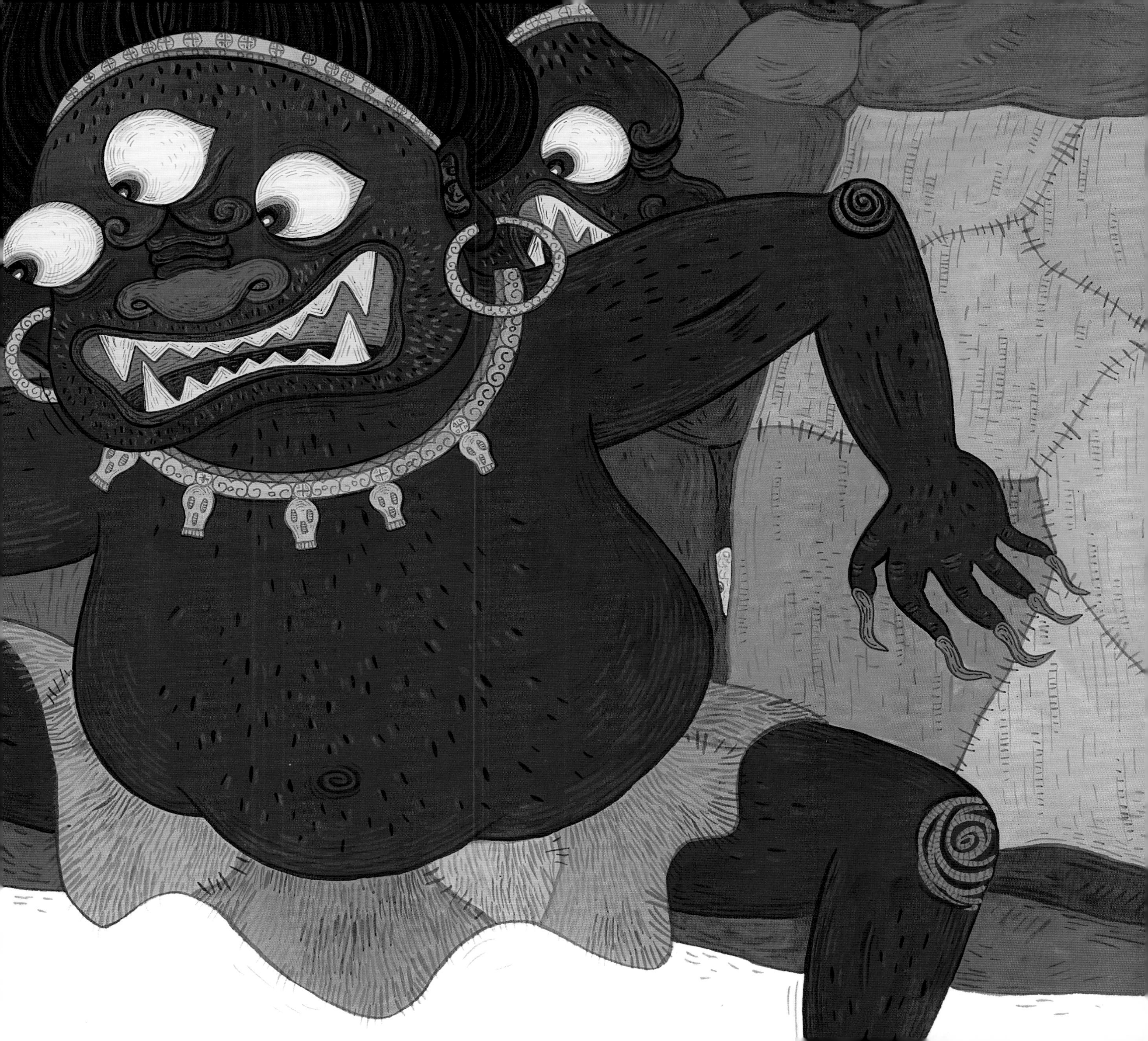

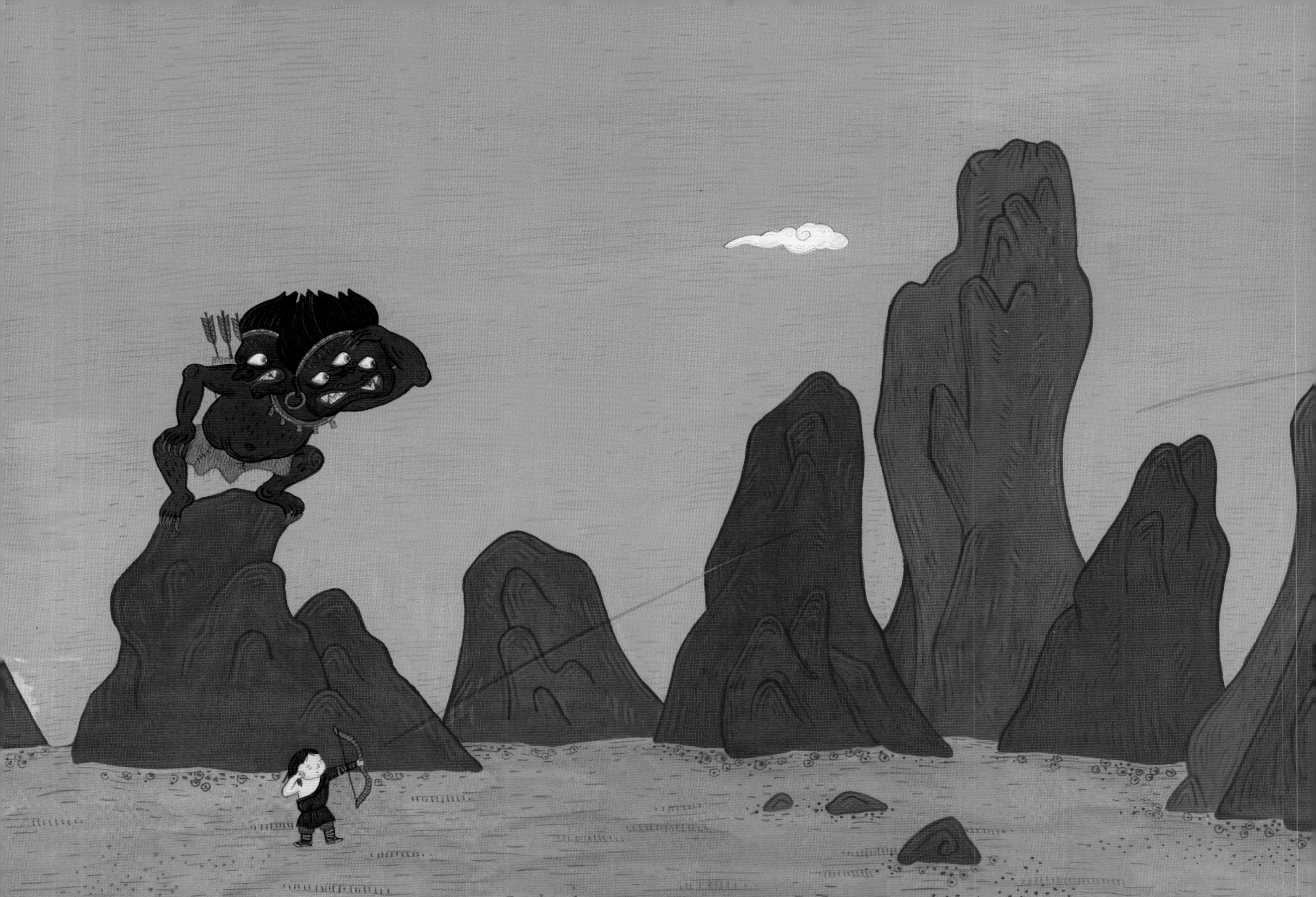

El monstruo, pensando que podía divertirse, le propuso al muchacho que se enfrentaran:

—Empecemos con una competición de tiro al arco. ¿Ves aquella roca situada más allá de esas nueve montañas? La prueba consiste en disparar desde aquí y hacerla pedazos.

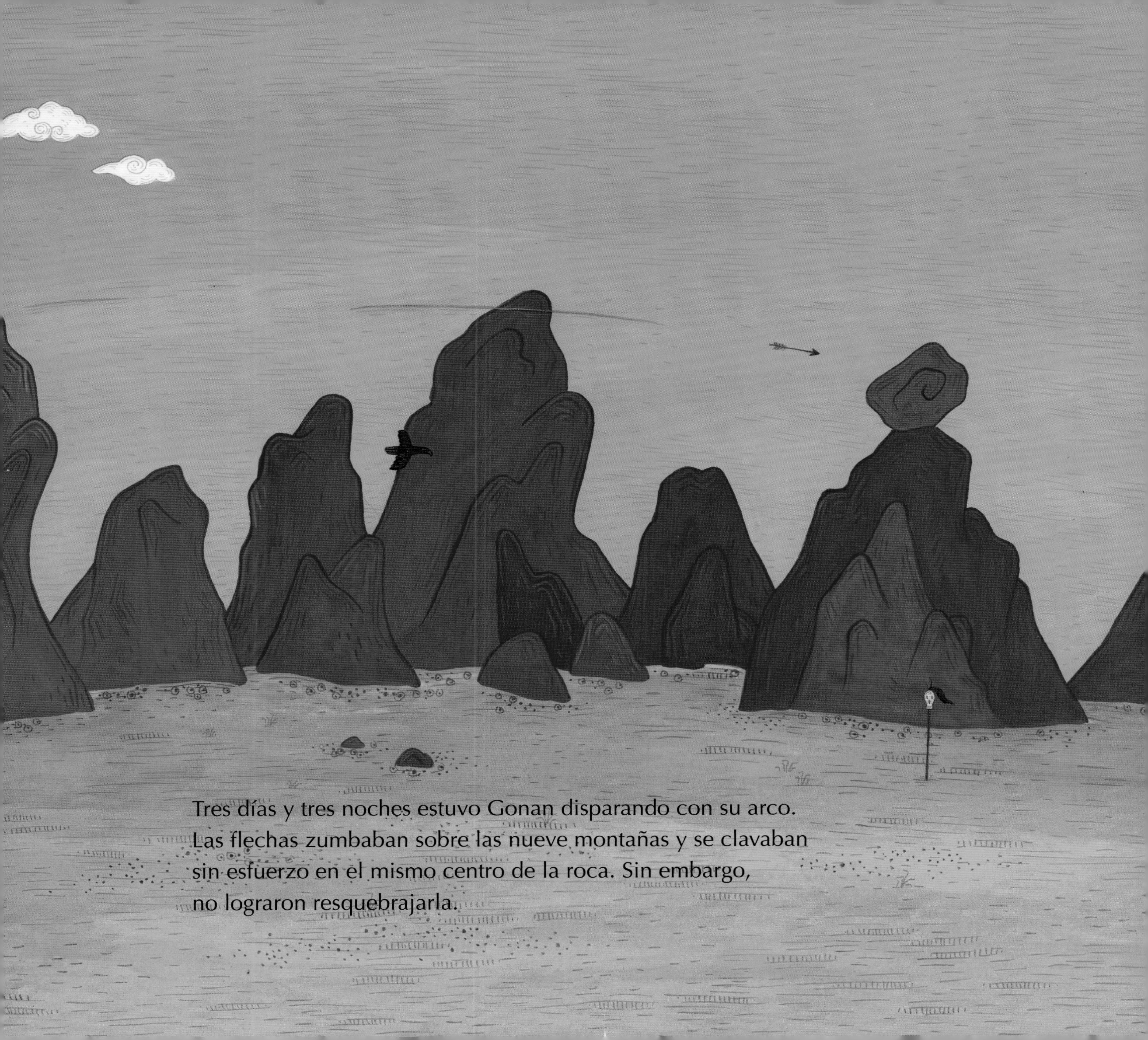

Tres días y tres noches estuvo Gonan disparando con su arco. Las flechas zumbaban sobre las nueve montañas y se clavaban sin esfuerzo en el mismo centro de la roca. Sin embargo, no lograron resquebrajarla.

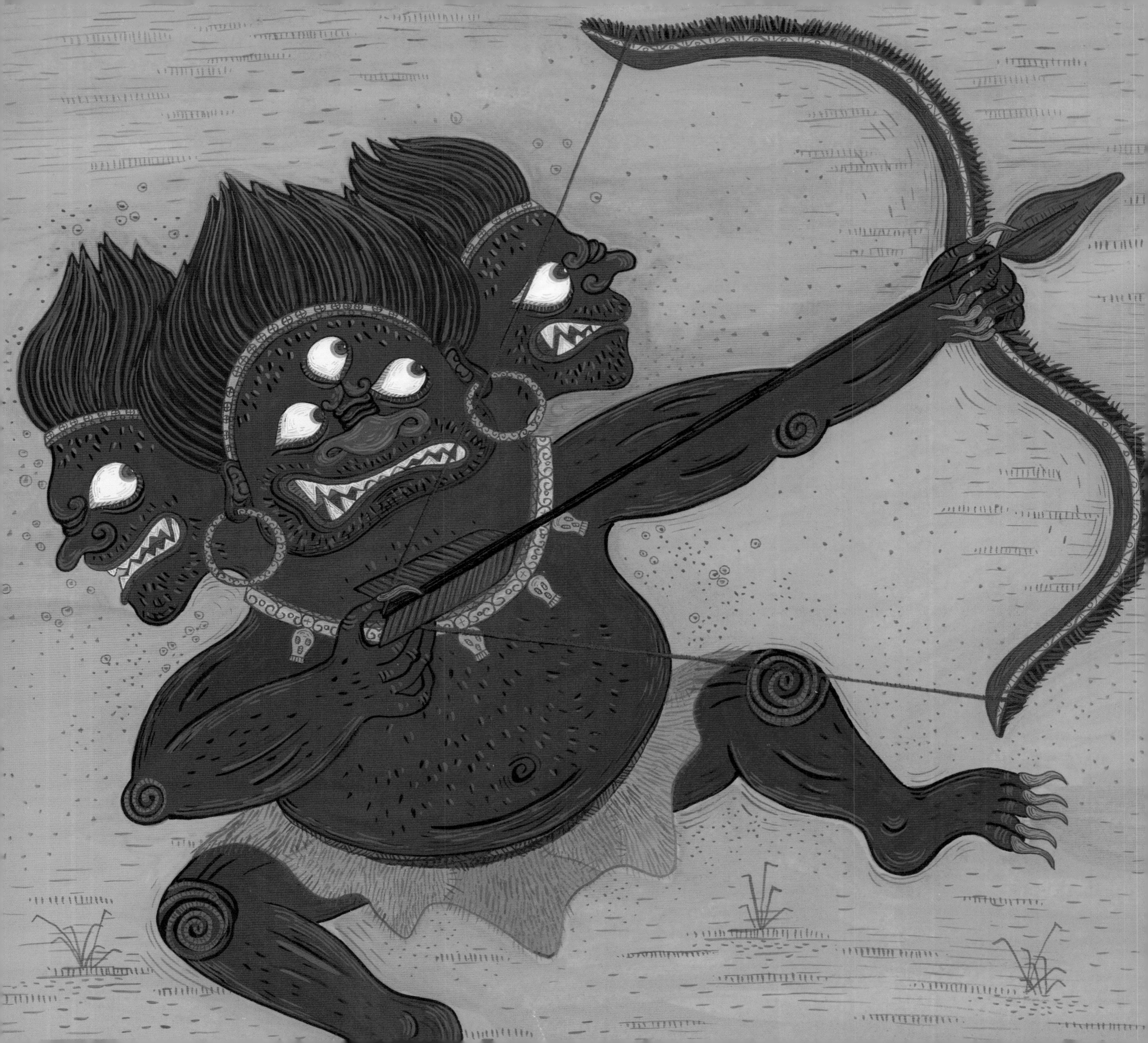

—¡Ahora es mi turno!

Mongas, con una sonrisa burlona en los labios, colocó
una flecha en su arco gigantesco y disparó. La flecha atravesó
velozmente la distancia de las nueve montañas, se clavó
con estrépito en el centro de la roca y la hizo pedazos.

—¿Qué te parece? No hay duda de que soy el vencedor —dijo
sin que ninguna de sus tres bocas dejara de sonreír.

—Ahora, hagamos una carrera. A ver quién deja antes atrás las nueve montañas —propuso Mongas.
Se montó sobre la grupa de su caballo negro y Gonan hizo lo mismo con su caballo.
En cuanto se lanzaron al galope, la tierra empezó a temblar y el agua de los ríos saltaba fuera de su cauce.
El caballo de Mongas se puso a la cabeza y con sus patas traseras arrojaba piedras a Gonan y su caballo.
—¡Ay, ay, ay! ¡Así no podemos continuar!

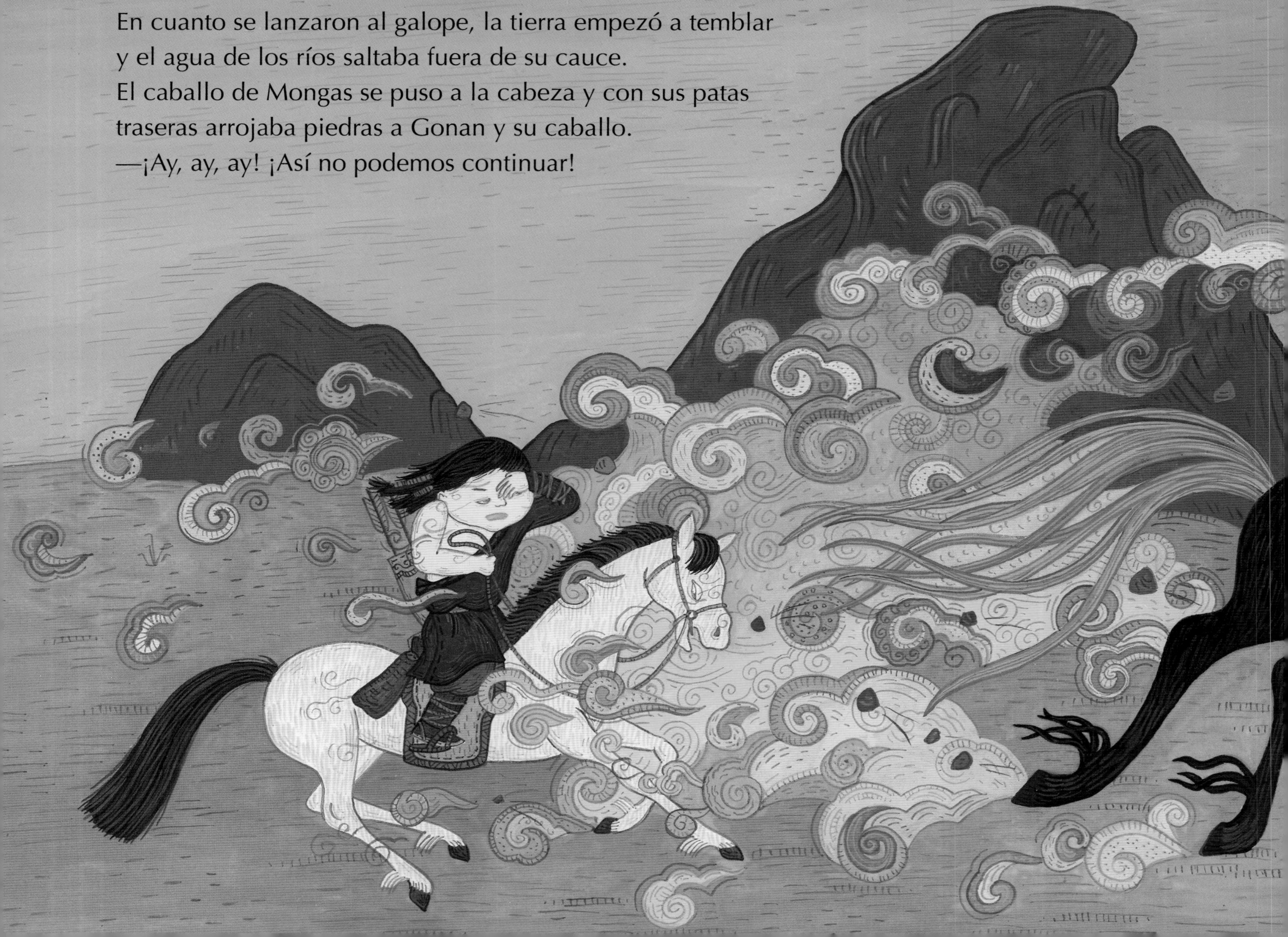

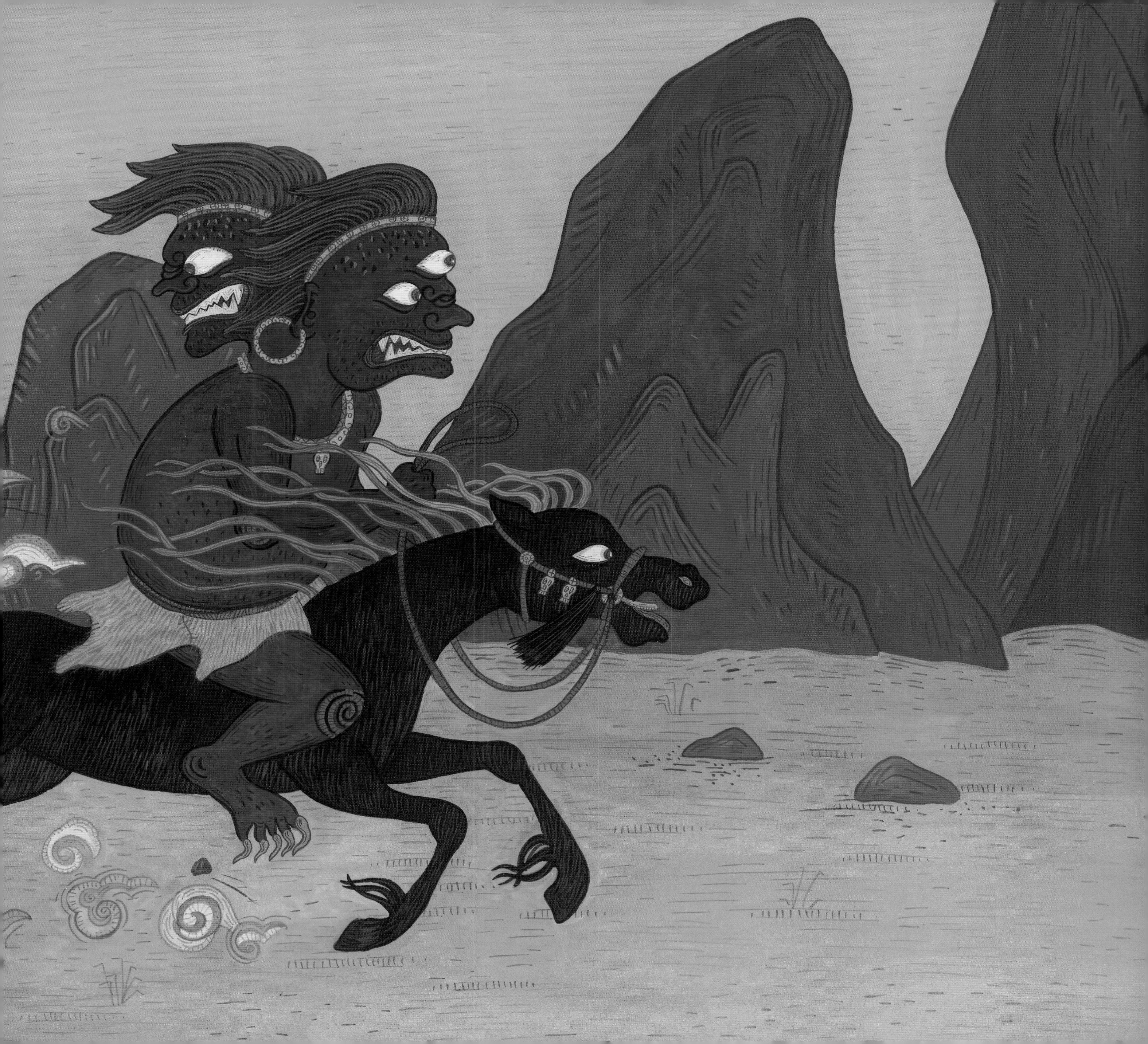

—¡Seguiremos por otra senda!
El caballo se lanzó al galope y corrió por encima de las abruptas montañas.
Sin embargo, parecía imposible alcanzar a Mongas.

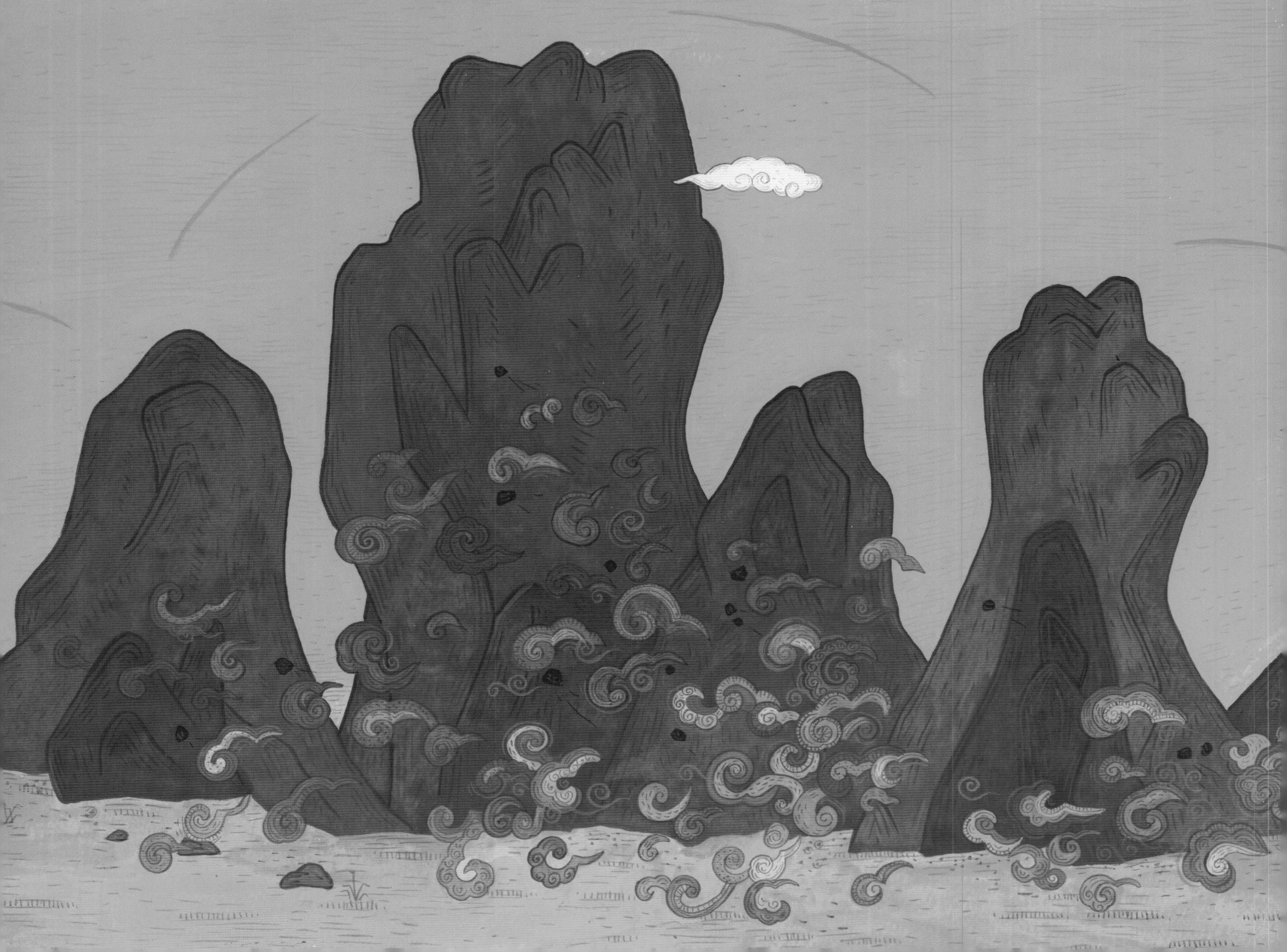

El monstruo estaba a punto de ganar... pero, justo en ese momento, ocurrió algo extraordinario: el caballo de Gonan se lanzó intrépidamente desde la cima de la última montaña y alcanzó la meta un segundo antes que Mongas.

—¡Esta vez el vencedor soy yo! —dijo Gonan con voz retadora.

—Bueno, te lo concedo —respondió Mongas desconcertado.

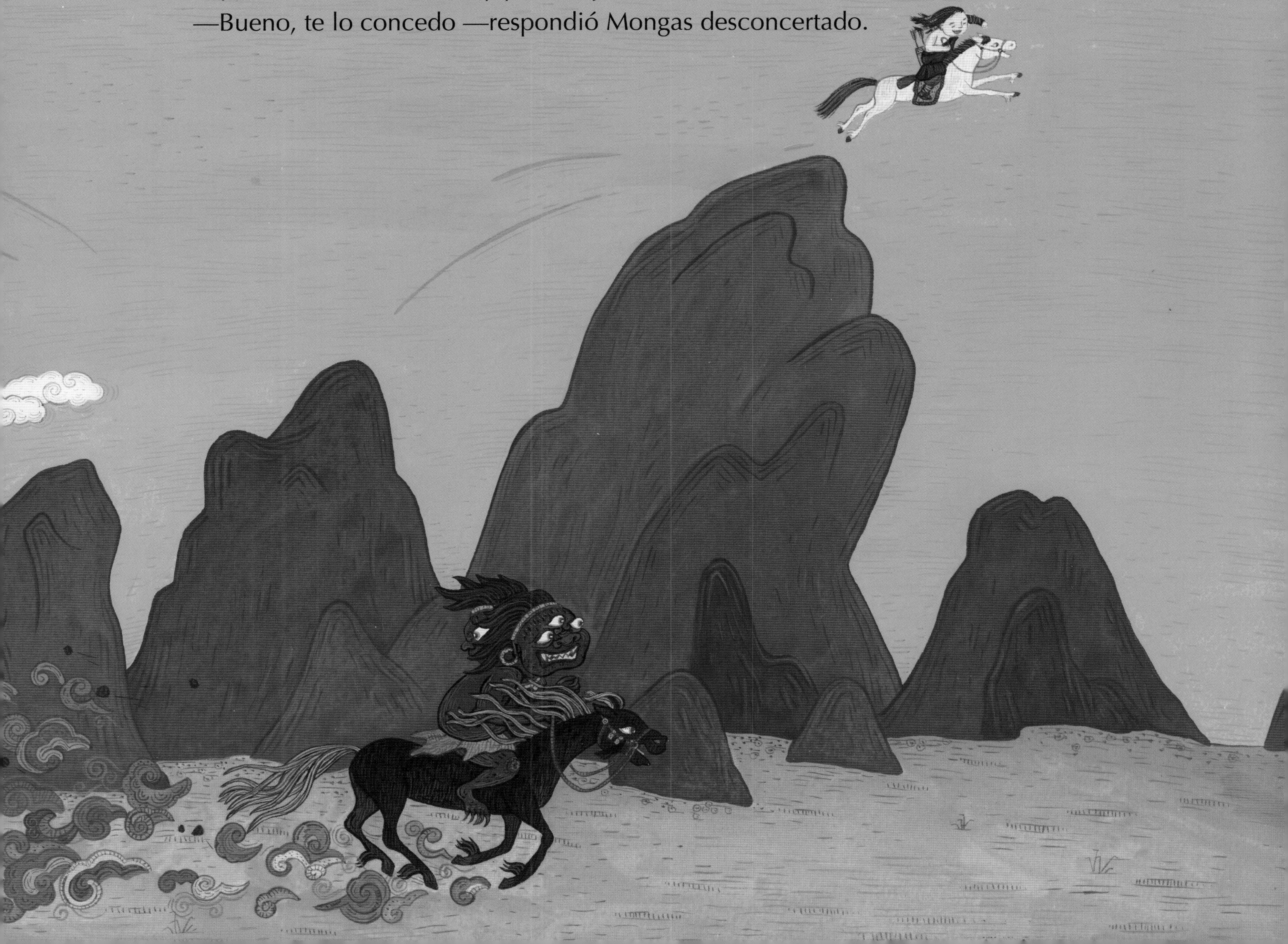

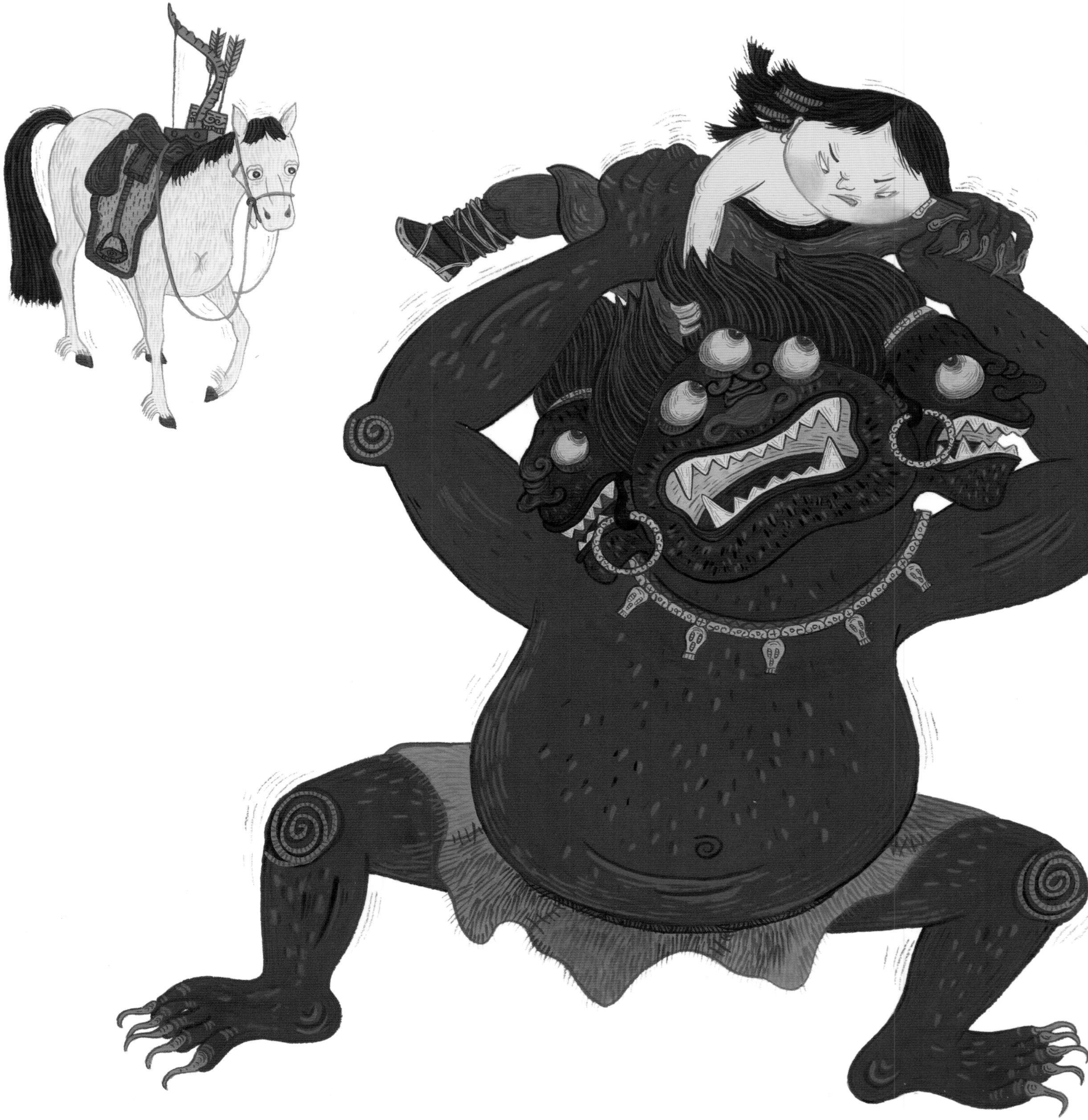

—Ahora toca un combate cuerpo a cuerpo y estoy seguro
de que esta vez no me ganarás —continuó lanzándole
una mirada fulminante.
Mongas parecía deseoso de devorar a Gonan por fin.

Los dos combatientes se enfrentaron. Mongas lanzó
a Gonan por los aires y lo hundió en la tierra hasta la cintura.

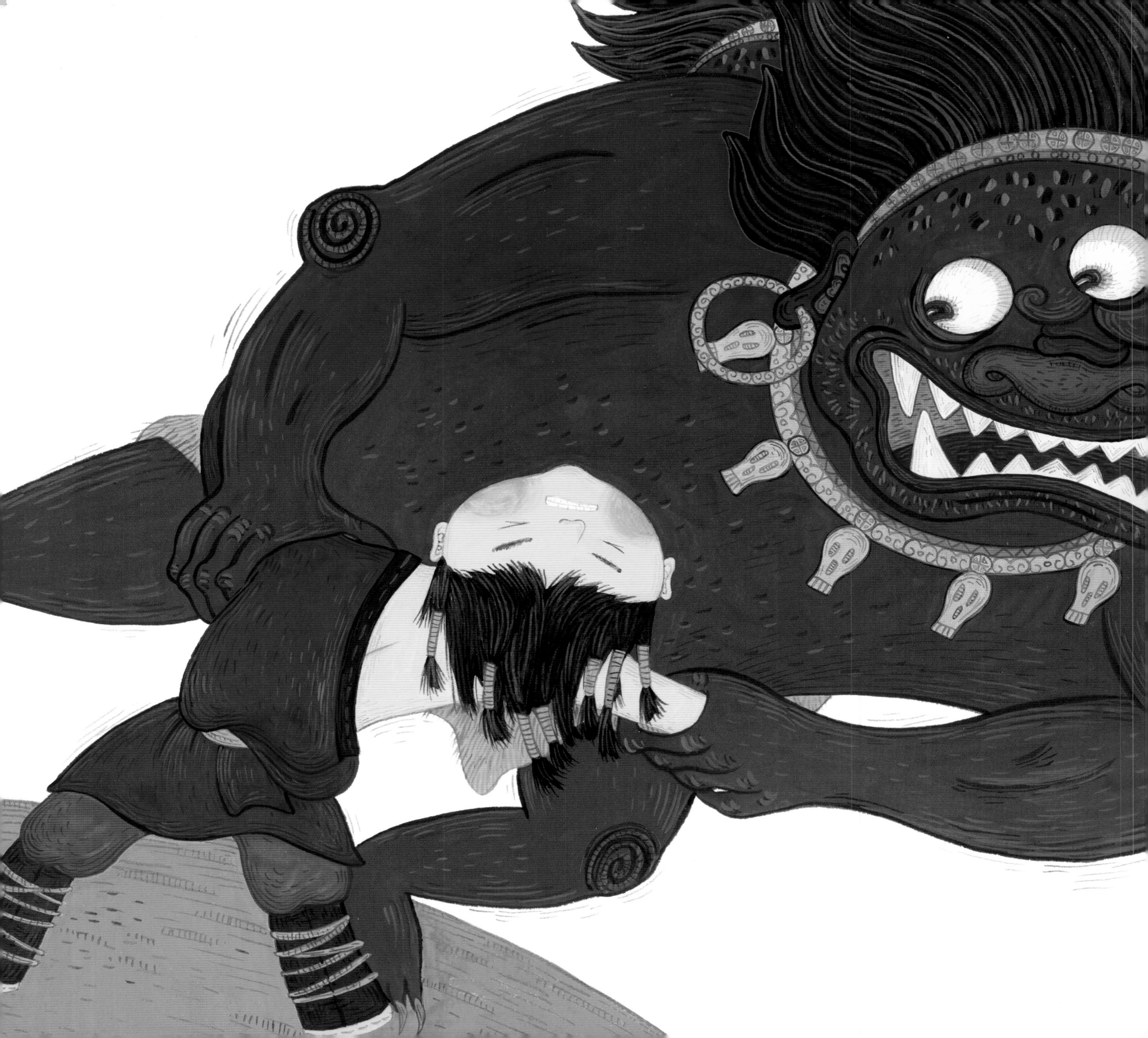

Gonan sacó toda su fuerza, lanzó
a su contrincante por los aires y lo hundió
en la tierra hasta los tobillos.

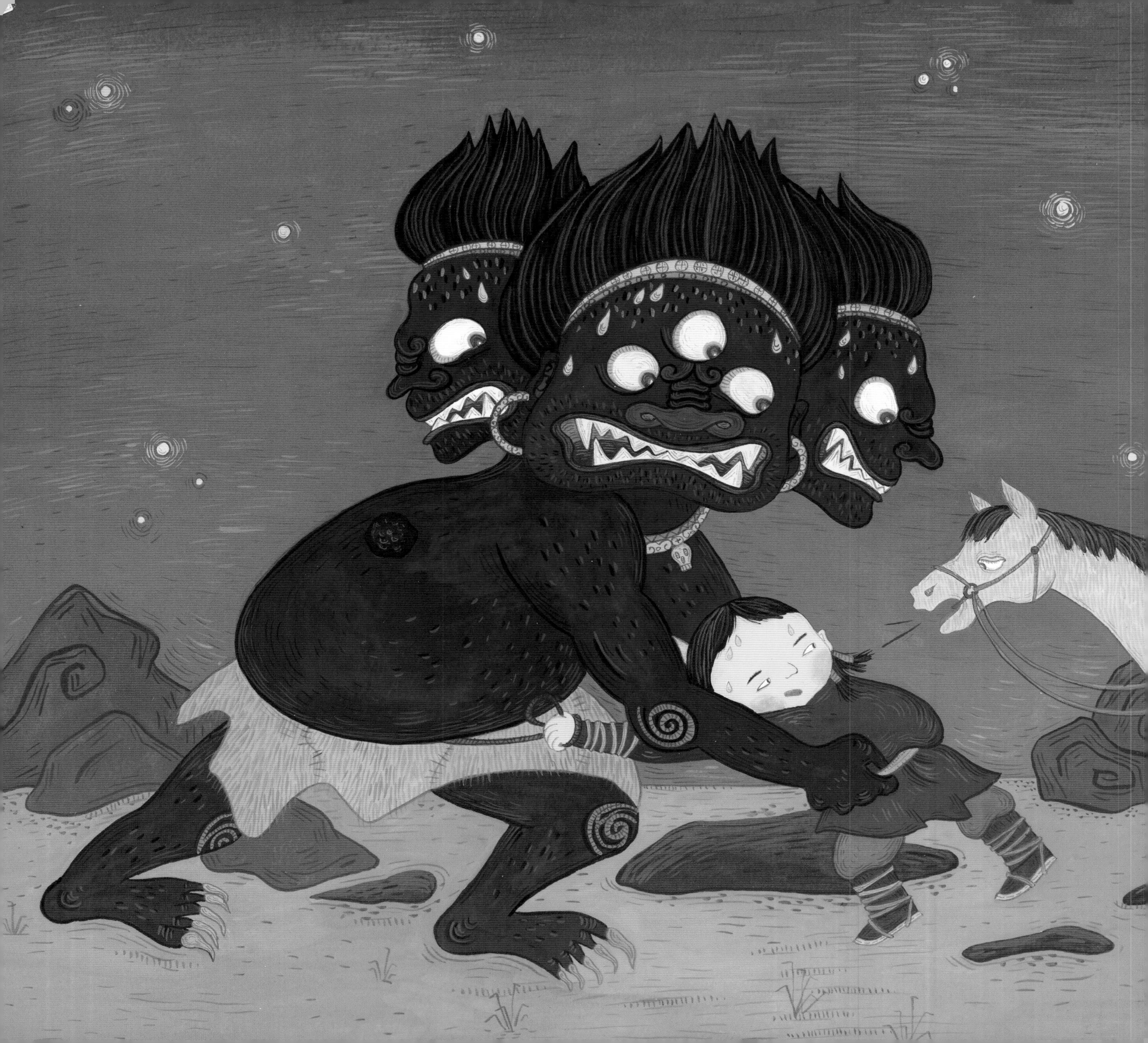

Tres días y tres noches estuvieron Gonan
y Mongas combatiendo sin descanso.
Con los golpes, las montañas que los rodeaban
se fueron desmoronando hasta que no quedó
ninguna en pie. Ambos estaban exhaustos.
Viendo que su jinete desfallecía, el caballo
se acercó a Gonan y le susurró:
—Mongas tiene una marca en la espalda.
Apriétalo allí con fuerza.

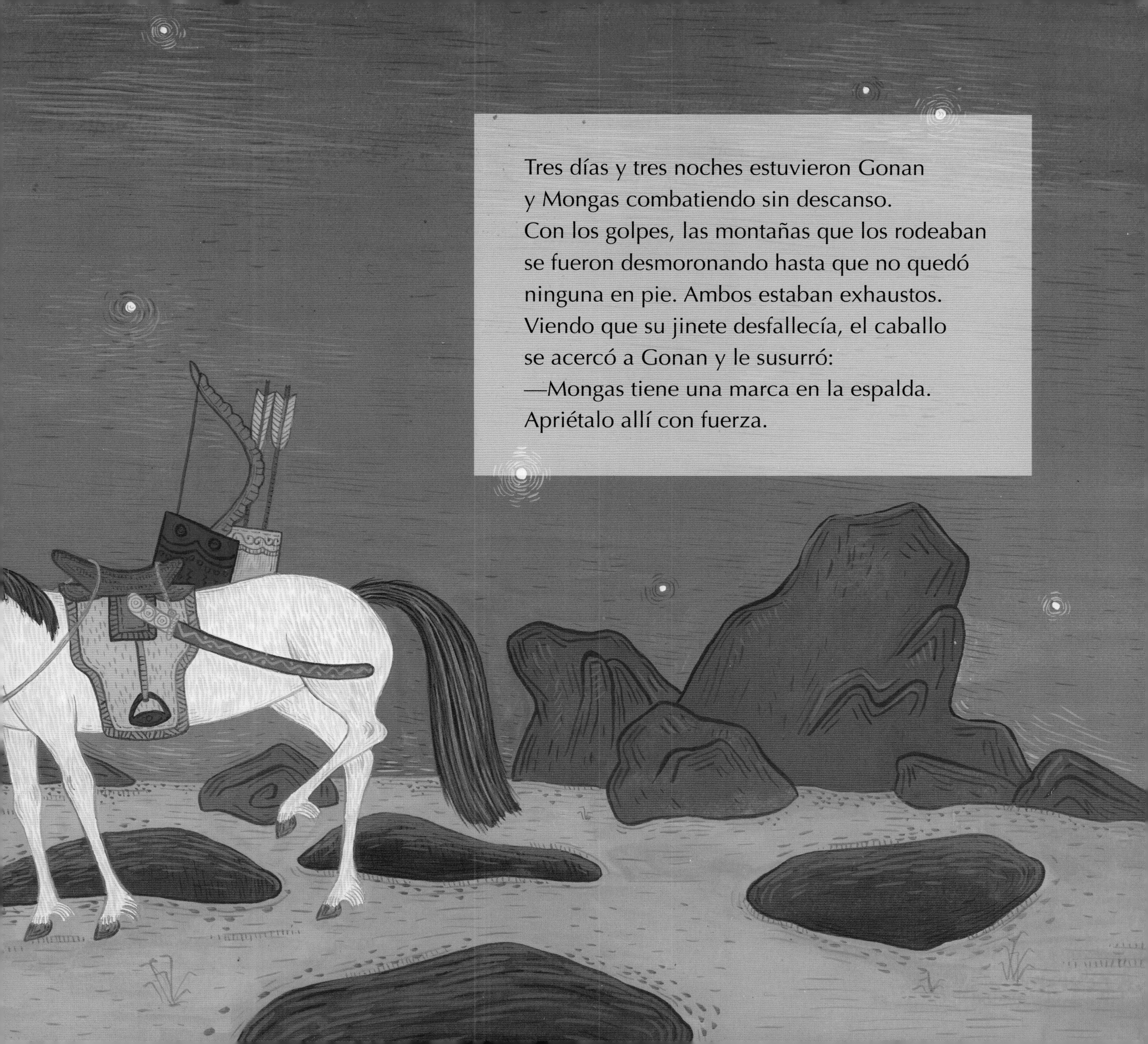

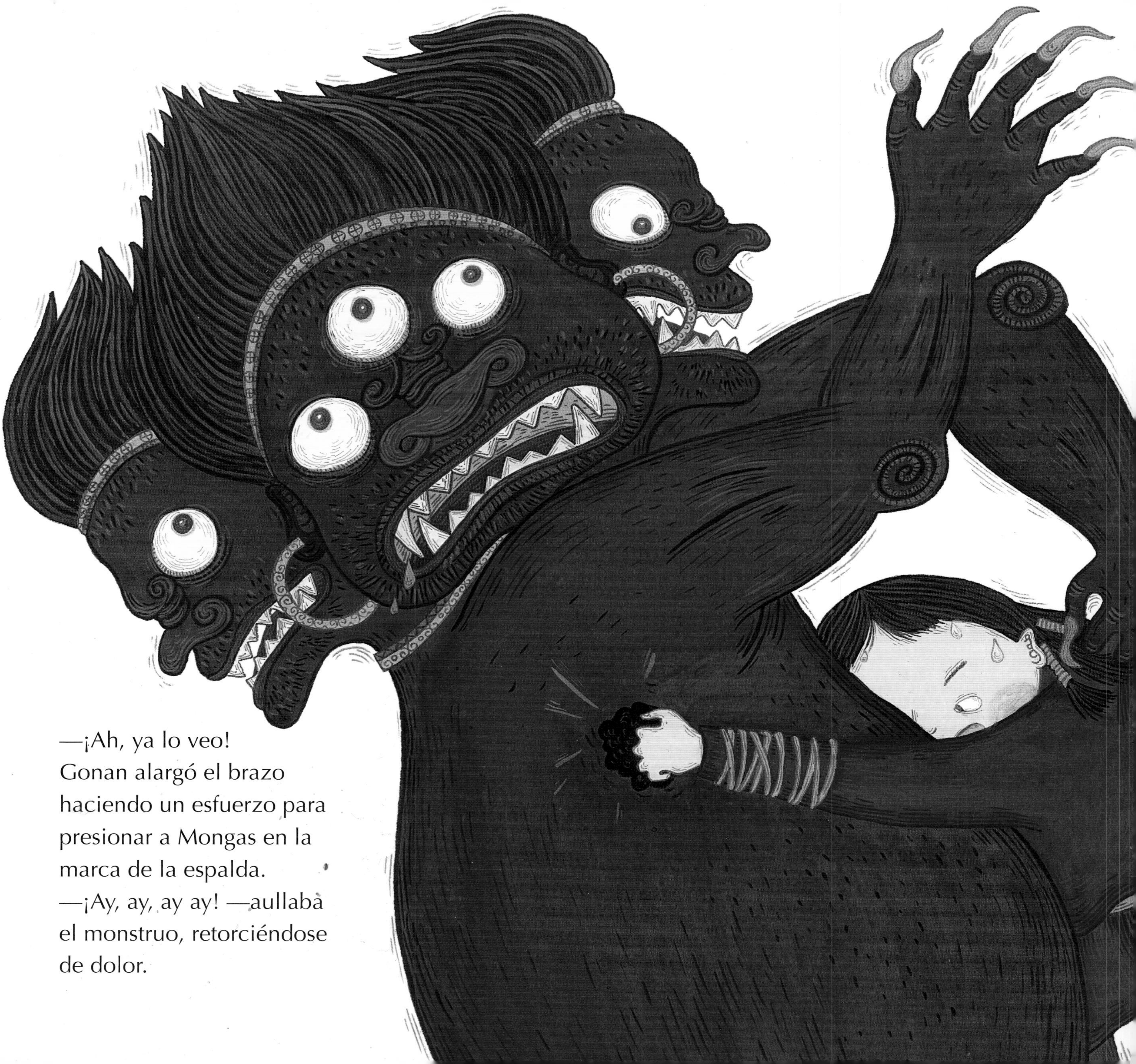

—¡Ah, ya lo veo!
Gonan alargó el brazo haciendo un esfuerzo para presionar a Mongas en la marca de la espalda.
—¡Ay, ay, ay ay! —aullaba el monstruo, retorciéndose de dolor.

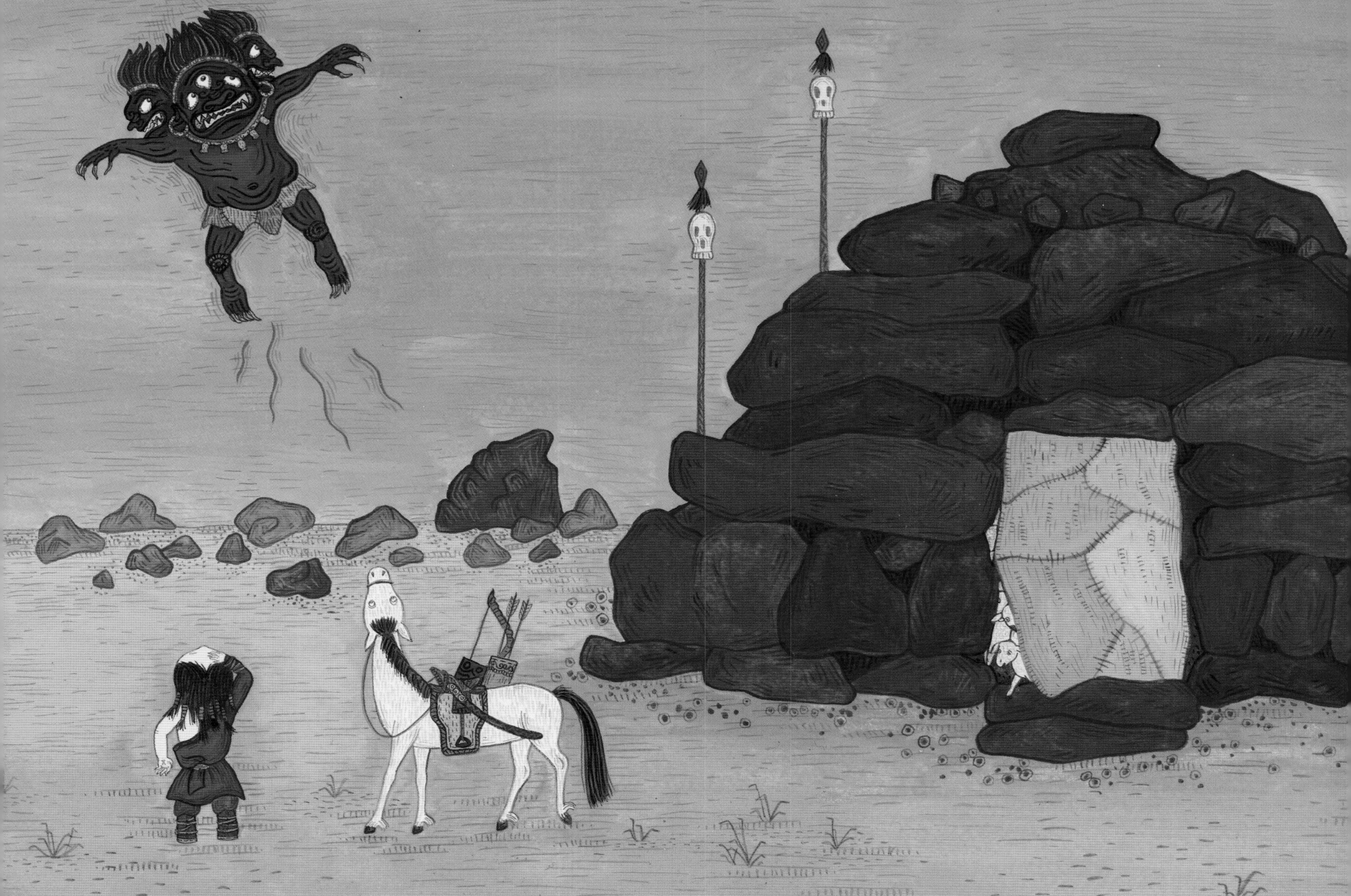

Entonces algo extraño sucedió: el corpachón azul oscuro del monstruo comenzó a perder fuerza. Gonan insistió y Mongas, como si fuera un globo desinflándose, se fue elevando hasta desaparecer.

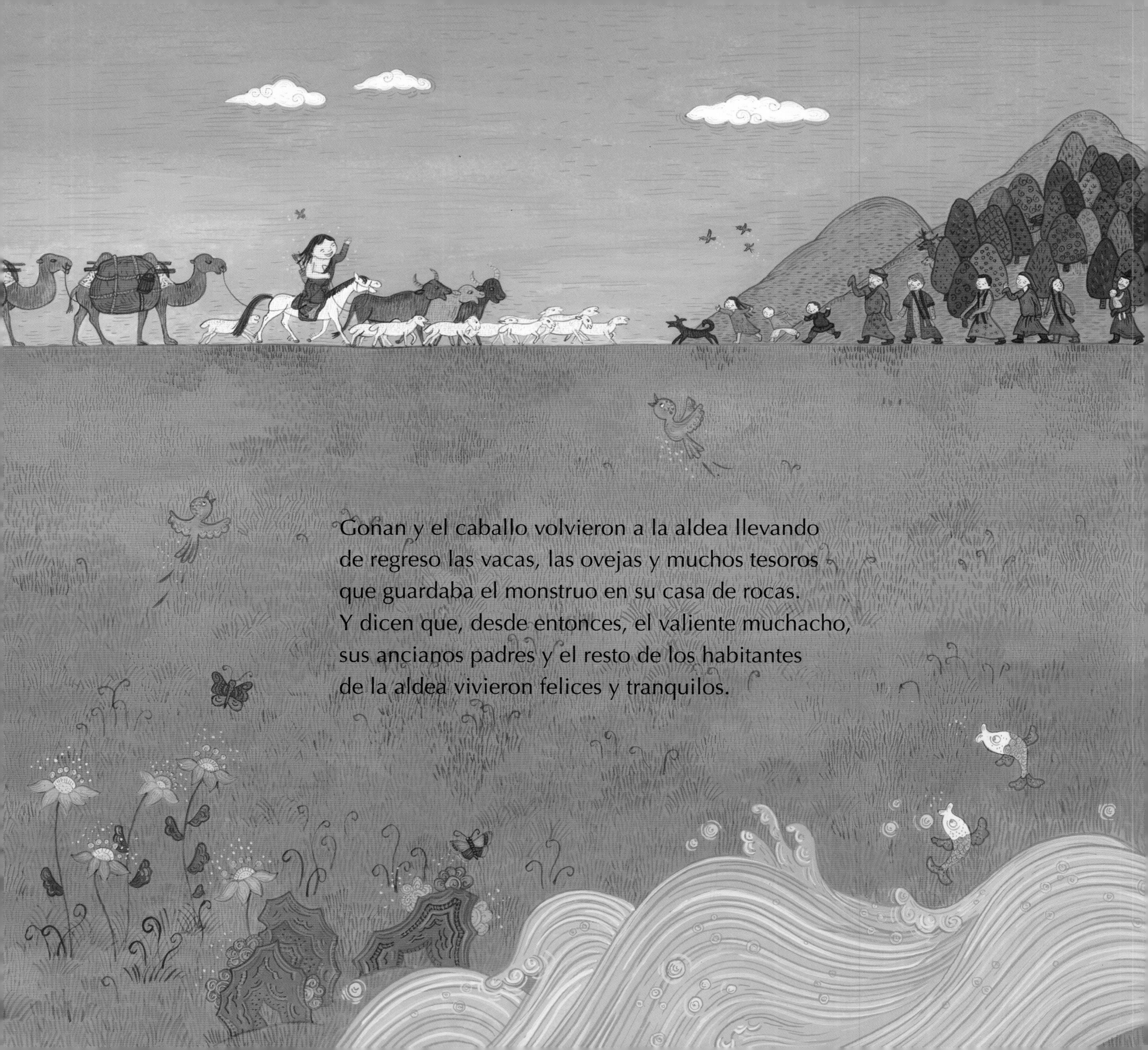

Gonan y el caballo volvieron a la aldea llevando
de regreso las vacas, las ovejas y muchos tesoros
que guardaba el monstruo en su casa de rocas.
Y dicen que, desde entonces, el valiente muchacho,
sus ancianos padres y el resto de los habitantes
de la aldea vivieron felices y tranquilos.

EPÍLOGO

Este cuento, «El monstruo de Mongolia», es bien conocido desde hace muchos años por los habitantes de la estepa, y por la mayoría de los niños mongoles. La historia formaba parte de un larguísimo poema épico que los juglares podían pasar varios días relatando. El monstruo Mongas aparece con frecuencia en los cuentos tradicionales de Mongolia. Su cuerpo es del tamaño de una enorme montaña y tiene varias cabezas. Hace sufrir a la gente robándoles sus viviendas y sus bienes. En el libro se hace contrastar la estepa verde y fértil donde viven los hombres y las mujeres con el páramo árido, cobrizo y rocoso donde lo hace Mongas. El monstruo es probablemente una personificación fantasiosa de las catástrofes naturales, como la sequía o los aludes de nieve que amenazan a los habitantes de la estepa. A su vez Gonan, un personaje valeroso y fuerte a pesar de su corta edad, encarna el ideal de los pueblos nómadas de combatir y sobreponerse a las adversidades. El tipo de lucha descrito en la tercera prueba de la historia sigue despertando entusiasmo en la actualidad. La principal diferencia entre esta forma mongolesa de combate y la lucha de sumo japonesa está en la ausencia de un espacio semejante a un ring. Es frecuente que los contrincantes luchen durante muchas horas antes de que se decida quién es el ganador. Los espectadores, tensos y tragando saliva, siguen hasta el final y sin perder detalle el combate que se desarrolla a lo ancho del grandioso escenario de la llanura y que acaba aclamando con vítores al vencedor. En los últimos años hay un número considerable de luchadores de Mongolia que participan en los combates de sumo. Puede que el secreto de su fuerza tenga en parte su germen en el hecho de haber crecido en una tradición forjada por relatos semejantes a este cuento.

Ichinnorov Ganbaatar

Graduado en la Universidad de Cultura y Bellas Artes de Mongolia. En el año 2004 ganó el premio de estímulo a la creación en el 14º Concurso Noma de Ilustración de Libros. Junto a su esposa y antigua compañera de la universidad, Bolormaa Baasansuren, se dedica a la creación de libros ilustrados. Llegó a Japón en el 2008 y ha realizado estudios de creación de libros ilustrados en la Universidad de Bunkyo de Tokio. También ha presentado su obra en algunas exposiciones individuales.

Bolormaa Baasansuren

Graduada en la Universidad de Cultura y Bellas Artes de Mongolia. Ha realizado numerosas ilustraciones para libros de cuentos mongoles y libros de texto. En el año 2004 ganó el primer premio del 10º Concurso de Libro Ilustrado del Festival de Cultura Popular de la ciudad de Joyo, en la provincia de Fukuoka, y en el año 2005, el primer premio en el Concurso Noma de Ilustración de libros ilustrados. Sus libros se han publicado en Japón, Mongolia y Canadá. Llegó a Japón para estudiar en el año 2008. Desde su graduación colabora con su marido, Ichinnorov Ganbaatar, en la creación de obras conjuntas. Actualmente reside en la provincia de Saitama.

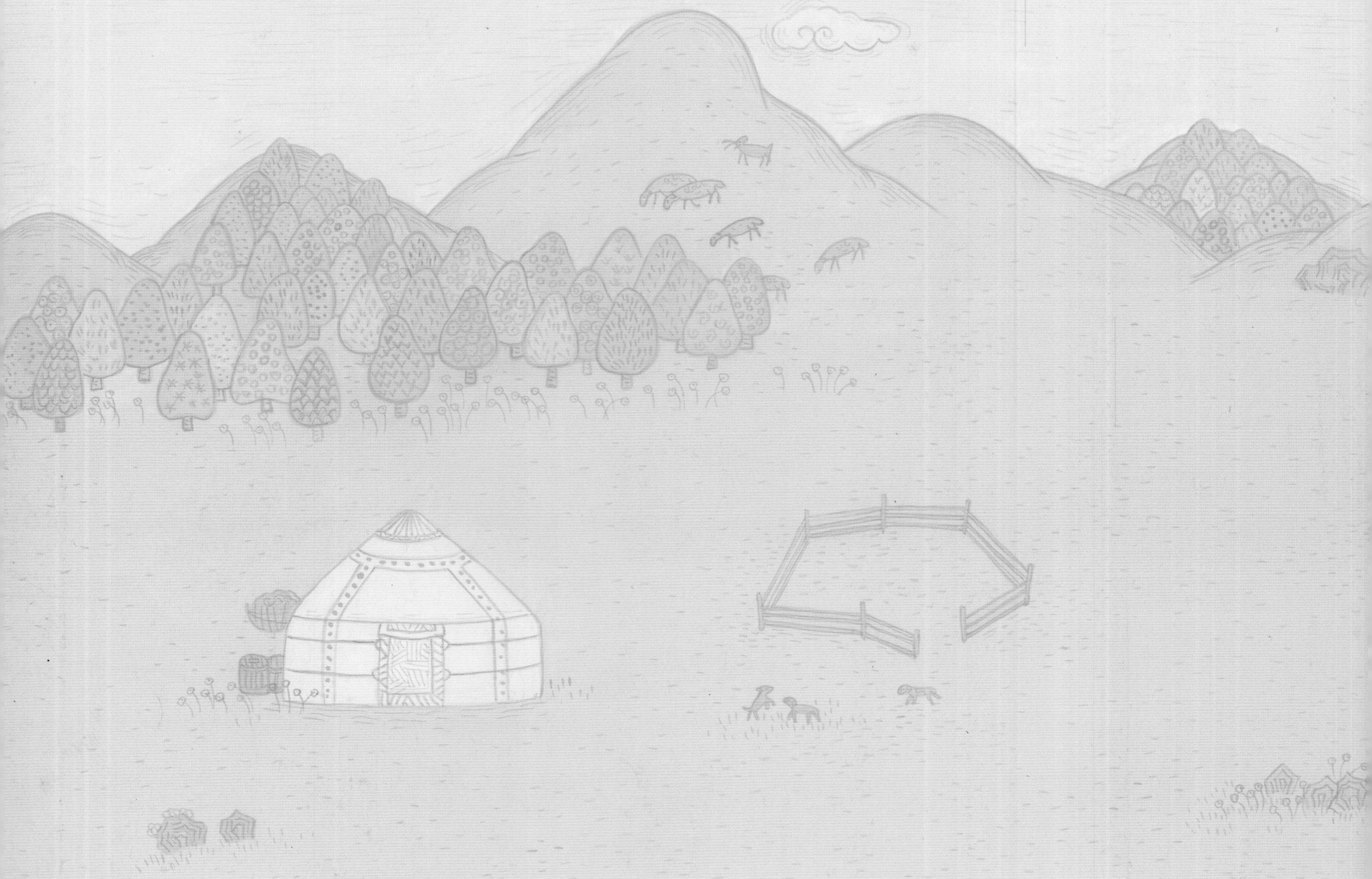

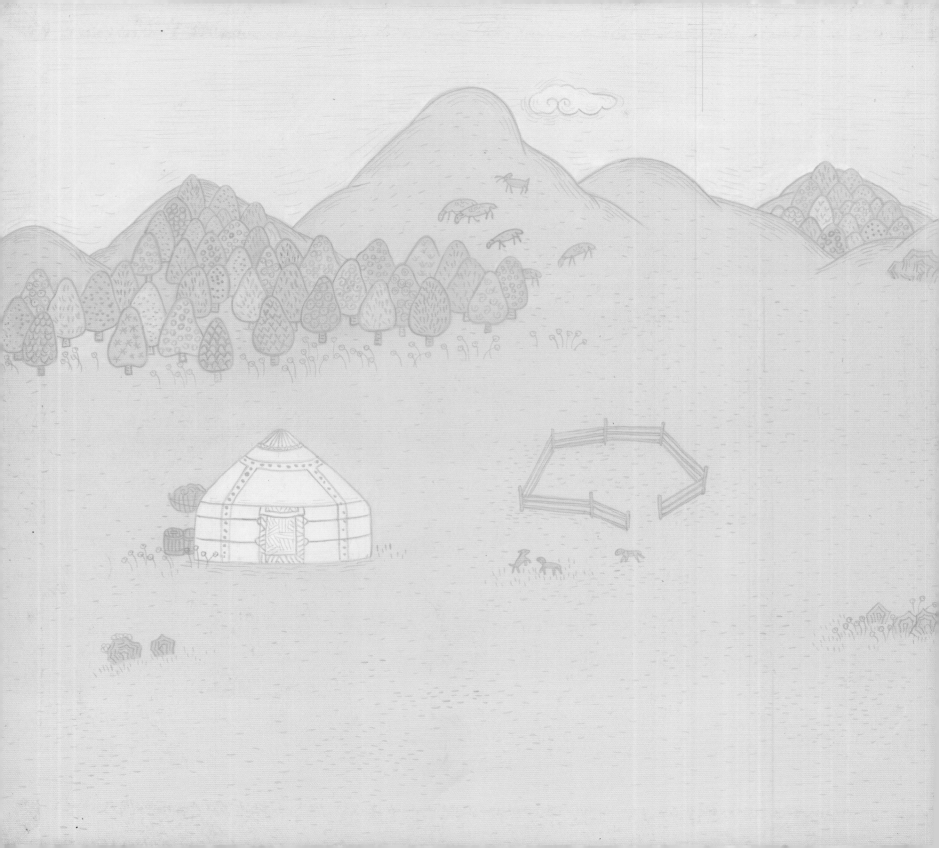